보라꽃의
단편소설

Short Stories of Violet Flower

전영민
김승윤
하지석
김효정
황시현
강인영
윤새품
장아영

달꽃

목차

라일락 인센스	전영민	5
물들어가다	김승윤	33
꽃 문신	하지석	63
자작나무 숲에 피어난 보라 꽃	김효정	95

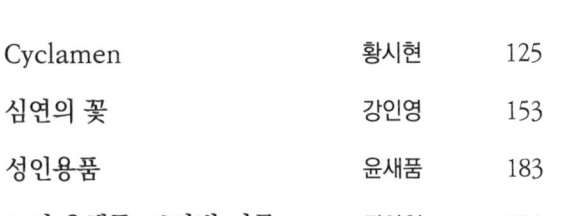

Cyclamen	황시현	125
심연의 꽃	강인영	153
성인용품	윤새품	183
느린 우체통, 보랏빛 여름	장아영	223

라일락 인센스

전영민

1996년생.

2021년 『저널문학가 동행』 창간호에
단편소설 「나의 캐리어」로 신인상을 받았다.

2023년에 첫 단편집 『나의 캐리어』를 출간했다.

얼마 전 일을 그만둔 '나'는 혼자 거리로 나선다. 딱히 갈 곳은 없다. 계속해서 차오르고 아른거리는 연기. '나'는 연기에 둘러싸인 채로 거리를 돌아다니며 헤어진 여자 친구 '향기'를 생각한다.

해는 기척도 없이 진다. 한창 밝다가 노을이 지는가 싶어서 보면 어둑해진 뒤다. 어떤 결정들은 그렇게 은은하고 단호하게 내려진다. 꼭 옳지도 않다.

가끔은 그런 결정들이 제멋대로이고 고집스럽게 보인다. 나름의 이유가 있겠지만, 누군가는 자신에 대해 잘 몰라서 이기적으로 군다.

* * *

연기는 발밑에서 잔잔하게 넘실거렸다. 빅맥을 향해 입을 벌렸다. 교차로 모퉁이의 맥도날드 이 층 창가 자리였다. 잘

게 썰린 양상추가 딸려 오지 않아 입술로 끌어당겼다. 중앙차선의 파란 버스가 저녁 어스름을 가로질렀다. 또 다른 파란 버스와 초록 버스가 뒤를 이었다. 반대 차선도 마찬가지였다. 생경했다. 버스 이마에 쓰인 번호며 색깔이며 지나가는 모습까지. 익숙한 것들이 낯설어지는 순간들이 있다. 나는 감자튀김을 케첩에 찍으면서 버스는 차선을 따라 어디까지 갈까, 버스에게는 목적지가 종점일까, 그렇다면 다음 정류장은 들르기만 하는 곳일까 같은 생각을 했다. 주문번호를 확인해달라는 점원의 외침이 튀김기 타이머 소리를 타고 계단을 올라왔다. 저녁이라 이 층까지도 손님이 많았다.

"푸바오 중국 가는 거 두 달 남았대. 가서 볼 수 있는 건 한 달 정도래."

옆자리 여학생들이 벌써 그렇게 됐냐고 아쉬운 소리를 냈다. 예전부터 계획된 일이다. 판다들의 소유권은 중국에게 있어서 우리나라에 있는 판다들은 장기임대 형식이었다. 우리나라에서 태어난 푸바오도 예외가 아니었다. 이제 네 살이 되었다고 하니 사 년짜리 기간제였다.

교차로의 신호가 바뀌었다. 사방에서 나온 사람들이 도로 위에 엉켰다. 스크램블, 하는 목소리가 신호등과 함께 깜빡였다.

"여름에 가보자. 세계에서 가장 많은 사람이 모이는 교차로래. 바로 옆에 하치 동상도 있대. 어릴 때 하치 책을⋯."

발밑에 있던 연기가 식탁 위를 기웃거렸다. 빅맥을 베어 물었다. 신호가 다시 바뀌었고 버스들이 바퀴를 굴렀다. 횡단보도 앞에 사람들이 모였다. 손을 잡은 남녀가 나타났다. 마주 서서 무어라 이야기를 하더니 남자가 여자의 머리를 쓰다듬었다. 여자가 남자의 품에 들어가는 것을 보면서 빨대를 빨았다. 얼음 녹은 물이 꼴꼴꼴 올라왔다. 콜라의 향만 남아있었다.

* * *

열흘 전에 카페 일을 그만두었다. 큰 실수나 사고는 없었다. 직원들과 사이도 좋았다. 퇴직 사유에는 개인사유라고 썼다. 퇴직서 아래에 서명을 하면서 개인사유, 라는 네 글자로 얼마나 많은 이유들을 가릴 수 있는지 생각했다. 말하기 어렵거나 말하기 싫거나, 말할 것이 너무 많거나 혹은 그냥이거나 하는 속내들이 '개인사유' 하나면 수정테이프처럼 가려졌다. 매니저는 그 수정테이프 아래를 꿰뚫어 보겠다는 듯 퇴직서를 한참 바라보았다. 그의 앞에서 연기가 부옇게 떠다녔다.

"혹시 여자 친구랑 헤어져서 그래? 아니, 헤어진 지 좀 됐잖아. 다 정리한 거 아니었어?"

그러게 말이다. 나만큼은 정리를 마쳤어야 했다. 내가 통보했으니까. 세 달이나 전에.

"모르겠어. 너를 더 만나야 할 이유를."

향기는 가만히 나를 쳐다보았다. 언젠가부터 사람들은 연인 사이를 '기간제 베프'라고 불렀다. 베스트 프렌드이지만 헤어지면 볼 일 없는 사이. 서로의 마음을 장기임대로 내어준 사이. 우리는 서로의 생일을 두 번씩 주고받았다. 그때가 우리 기간제의 만료 시점이 아닌가 싶었다. 콩깍지는 1년 정도 가고, 사랑의 유효기간은 3년이라고 했다. 우리의 만남은 유효기간 전에 끝났다. 그렇다고 그게 사랑이 아니었다고 할 수도 없다. 눈처럼 차곡차곡 쌓이는 마음이 있는가 하면, 눈이 녹듯이 사르르 사라지는 마음도 있는 것 아니겠나. 딱 적당할 때 마무리한, 장편소설보다는 단편소설에 가까운 만남은 아니었을까. 그녀는 태연한 척 '지금까지 나를 왜 만났는데?'라고 했지만, 흔들리는 눈동자는 숨기지 못했다.

향기를 처음 만난 건 다섯 해 전 공연장 안내원으로 일하던 때였다. 공연 전에 객석에 문제가 없는지 살피고 입장이 시작되면 표를 검사했다. 공연 중에는 화장실 안내를, 공연 후에는 퇴장 안내를 하거나 기념품을 팔았다. 다들 그렇듯 일이 끝나면 직원들끼리 밥을 먹었다. 이야기를 나누면서 친해지고, 일을 도왔다. 그러다가 향기와 쉬는 날을 맞춰 따로 만났다. 놀이공원이나 대학로 소극장, SNS에서 본 카페들을 다녔다. 그런 곳에 들어설 때마다 향기는 그곳의 향기가 어떤지 한마디씩 했다. 달고 포근하네, 레몬 향이 상쾌해, 같은 식이었다.

"유명한 말 있잖아. 잘 때 향수 몇 방울만 입는다는. 나도 어디 갔을 때 향기가 좋으면 하루 종일 좋은 옷을 입고 있는 것 같아서 기분이 좋아. 그래서 맨날 내가 객석에 방향제 뿌리고 나오잖아."

그러면서 향기는 사람을 이끄는 힘이 있다고 덧붙였다. 그 말대로 나도 그녀에게 이끌렸지만, 그녀는 아닌 것 같았다.

그 무렵 바이러스가 돌았다. 마스크를 쓰고 소독제로 구석구석을 닦았다. 평소대로 객석과 로비에 방향제를 뿌렸지만, 마스크 때문에 입냄새만 코를 찔렀다. 나중에는 공연제작사에서 지출을 줄이겠다는 이유로 방향제도 다 치웠다. 창고에는 소독제만 쌓여갔다. 소독제가 바이러스와 함께 향기도 지운 것 같았다. 그 때문인지 향기가 먼저 일을 그만두었고 나도 얼마 가지 못했다.

* * *

일을 관두어도 눈 떠지는 시간은 한동안 그대로다. 모로 누워 유튜브를 보다가 일어나 앉았다. 이렇게 있어서 뭐하겠나. 헬스장에서 기구를 깔짝대다가 삼십 분 정도 트레드밀을 걸었다. 간 김에 샤워도 했다. 전날 먹고 남은 찜닭을 데워먹었다. 창밖에서 까가가각, 까치가 웃었다. 고개를 돌렸다. 구름이 많아 햇살이 비치지는 않았지만 충분히 환했다. 손님이 오려나, 하고 핸드폰을 봤다. 은행 광고 문자 말고는 잠잠했다. 별안간 나가고 싶어졌다. 할 일이 있는 것도 아니지만, 이대로 있다가는 그림자처럼 바닥에 눌어붙고 곰팡이들이 오소소 돋을 것 같았다.

  방문을 열었다. 낮게 깔린 연기가 문지방을 살살 넘었다. 나는 알고 있다. 이 연기는 보이지만 사실 없는 것이다. 니트와 면바지를 입고 패딩을 꺼냈다. 책상에 둔 지갑을 집으려는데 구석으로 눈길이 끌렸다. 손잡이만 남은 인센스 스틱이 접시에 서있었다. 며칠 전에 피운 그대로였다. 재는 멀리 튀지도 않고 잘 모여 있었다. 인센스 스틱의 첫인상은 탄내였다. 차례상에서 날 법한 냄새였는데 시간이 지나니 본래의 향이 드러났다. 불씨가 지나간 자리는 재가 되었고 어느 정도 길이가 되면 고개를 숙이다가 툭 떨어졌다. 그러니까 재는 쓸모를 다하고 남은 허울인 셈이었다. 혹은 인센스 스틱의 시체거나. 비닐에 든 인센스 스틱이 접시 옆에 누워있었다. 이제 하나 남았다. 방문을 닫았다. 문틈으로 삐져나왔던 연기가 한순간 흩어졌다.

버스 뒷문 앞자리에 앉았다. 바닥에 고인 네모난 볕이 부옇게 빛을 냈다. 창밖을 올려보았다. 구름이 걷힌 틈으로 푸른 하늘이 드러났다. 조금 신이 났다. 도로도 한산하고 지나다니는 사람도 몇 없었다. 도로와 인도에 납작 엎드려 있던 연기가 시나브로 부풀었다. 할머니가 벨을 눌렀다. 개천을 건너 버스가 섰다. 할머니가 게걸음으로 내리는 동안 연기가 올라탔다. 버스 바닥 위로도 차올랐다.

연기는 불쑥불쑥 나타났다. 카페 일을 관두기 전부터였다. 아무 때나 나타났다. 무대효과처럼 바닥에 깔리기도 하고 가게에 가득 차기도 했다. 처음에는 담배 연기나 커피머신 스팀을 잘못 본 건가 싶었는데, 거리에서든 방에서든 어디서든 별안간 나타났다. 꼭 나를 따라다니는 것처럼. 한번은 중년 남성의 주문을 받으려는데 연기가 아른거려서 손을 내저었다.

"뭐야, 담배 냄새 난다고 눈치 주는 거야?"

내 천(川) 자 미간 주름을 보고서야 아차, 싶었다. 재채기 때문에 그런 거라고 둘러대 넘어갔다. 향기는 담배 냄새를 싫어했다. 가슴이 아프다고, 아프게 하는 향기는 용납할 수 없다고.

올리브영에 들어갔다. 세일 기간이라 그런지 삼 층짜리 매장이 사람으로 빽빽했다. 터지기 직전의 팝콘 기계와 다름없었다. 맨 위층부터 둘러보았다. 과자와 영양제, 헤어제품 매대를 차례대로 지났다. 섬유탈취제 매대에서 냄새 분자를 끊어 준다는 강력탈취 스프레이를 들었다 놓았다. 아래층 남성용품 매대를 훑어보고 나오니 향수 진열장이 보였다. 젊은 여성의 시향지를 따라 무화과 향기가 나풀거렸다.

"삿포로 갈 때 이거 뿌릴까."

겨울이어서인지 해외여행을 가는 사람이 많았다. 곧 봄이고, 개강이라도 하면 바빠지니까. 엔화 환율이 내려가 있어서 일본이 인기였다. 다들 도쿄 아니면 삿포로를 가는 듯했다.

그래. 도쿄. 향기의 바람대로라면 슬슬 그녀의 생일 즈음의 비행기 표를 잡았어야 했다. 도쿄의 어느 곳을 갈지 정했어야 했으며, 여름에는 그곳에서 그녀의 생일을 축하해야 했다. 시부야나 신주쿠, 긴자나 아사쿠사를 구경하고 도쿄타워와 디즈니랜드에서 사진을 찍어야 했다. 여름의 도쿄는 무척 덥다는 친구의 증언을 들었지만, 향기가 보여준 화창한 하늘과 햇살이 드리운 시부야 스크램블 사진이 내 가슴에 풀무질을 했다.

연기처럼 사라진 내 미래다. 정확히는 내가 손을 내저어서 흩날렸다. 그럼에도 나는 그 여행을 염두에 두고 있었다. 정말 가게 될 것만 같았고 심지어는 엊그제 다녀온 것도 같았다.

그러나 그럴 수는 없다. 연기는 보이지만 없는 것이니까. 공기 중으로 사라지면 다시 불을 피워야 만들 수 있으니까. 그렇다고 해도 그 연기가 이전과 같은 것이라고도 할 수 없지 않은가.

거리로 나왔다. 아무것도 사지 않았다. 이제 어디로 가야 할까. 아직 한낮이었다. 코인노래방이나 갈까. 청승맞았다. 바로 옆 옷 가게에서 구경이나 할까. 직원이 말을 걸면 영 귀찮은데. 영화라도 볼까. 핸드폰으로 상영 시간표를 검색했다. 끌리는 게 없었다. 교차로 신호가 바뀌면서 알림음을 냈다. 반사적으로 고개가 들렸다. 중앙차선 버스정류장의 뮤지컬 포스터가 시선을 잡아당겼다. 전에 본 적이 있는 대형 뮤지컬이었다. 공연 기간이 얼마 남지 않았다. 마지막 공연이 끝나면 세트고 뭐고 다 뜯어낼 터였다. 철수 작업을 스트라이크라고 하던가. 대형 공연인지라 다른 지역으로 순회공연을 가겠지만 서울에서만큼은 작별이었다. 공연 기간이 끝났으니 작별을 해야만 했다.

* * *

공연장을 떠난 나는 바이러스에 두 번 걸렸고, 일을 다니다 말다를 반복했다. 또 한 번의 새해가 되었다. 바이러스가 잠잠해졌을 무렵 전시장에 일자리를 구했다. 겨울이 물러날 듯 말 듯, 춥고 따스한 계절이었다. 전시장에서는 외국 작가의 사진전을 하고 있었는데 전시 기간이 끝나자마자 향수 회사에서 기획한 전시가 들어왔다. 공간들을 지나면서 스토리가 전개되는 형식이었다. 조명과 영상 그래픽이 조형물과 바닥, 벽에 펼쳐졌다. 전시라기보다 공연 같았다. 하는 일도 공연장에서와 다르지 않았다. 표를 검사하고, 입장과 퇴장을 안내하고, 이따금씩 공간에 맞는 방향제를 뿌리고, 구석에 숨겨둔 포그 머신에 용액을 채웠다. 로비에 진열해 둔 향수와 디퓨저도 팔았다. 회사에서 인플루언서들을 초청한 덕에 사람들이 끊이지 않았다.

첫 월급날이 가까웠던 날이었다. 그날 전시가 끝나 기계들을 모두 끄고 창고에서 디퓨저 재고 상자를 들고나왔다. 진열장 아래 서랍에 낱개 포장된 디퓨저들을 넣고 일어섰다. 상자의 테이프를 뜯어 펼쳤다. 바로 옆에서 사무실 문이 열렸다. 거기 향기가 있었다. 향기 뒤에 서있던 매니저가 아는 사이냐 물었다. 예전에 같이 일했었다고 향기가 먼저 답했다. 매니저는 잘됐다며 앞으로 같이 일할 거라고 했다.

예전에 으레 그랬듯 일을 끝내고 근처에서 저녁을 먹었다. 떨어져 있던 삼 년의 시차를 맞췄다. 향기는 복학을 해서 대학을 마쳤고, 테마파크에 잠깐 다녔다가 바이러스에 걸린 김에 한동안 그냥 있었다고 했다.

"대학을 나오긴 나왔는데, 뭘 해야 할지 모르겠더라고. 졸업했다고 일이 찾아오는 것도 아니고, 시기도 안 좋았고. 그래서 그냥 있었어. 자연인 상태로."

한참을 끅끅 웃었다. 자연인. 참 알맞은 단어 선택이라고 생각했다. 그냥 숨이 붙어있는 상태, 딱히 무엇을 하지 않는, 심지어 바이러스가 나돌고 있어서 모두가 인정해 주는 상태. 무엇을 해야 할지 모르겠더라는 말이 가장 와닿았다. 그래서 더 웃음이 났던 것 같다.

"그러다가 전시 안내원 구한대서 지원해 봤지. 그런데 네가 있을 줄은 몰랐지."

순간. 삼 년 동안 내가 향기를 이따금, 꾸준히 떠올렸다는 걸 깨달았다. 생각하려고 한 게 아니라 별안간 나타났다. 어떻게 지내는지 궁금했다.

향기와 내가 아는 사이라는 것은 금방 모든 직원에게 퍼졌다. 자연스레 내가 향기에게 시설들과 업무를 알려주게 되었다. 다시 만난 커플이네, 운명이네 하는 이야기가 들릴 때면 나나 향기나 누가 먼저랄 것도 없이 손을 내저었다. 공간에서 공간을 넘어갈 때마다 향기는 크게 숨을 들이마시고 가볍게 한숨을 내쉬었다. "다른 옷 입은 것 같아?"하니 연신 고개를 끄덕였다.

 벽을 따라 깔린 인조 잔디를 걸었다. 벽에서 자란 듯한 나무 모형 아래로 몸을 숙이고 지나 구석으로 갔다. 허리 높이의 풀을 헤치자, 포그머신이 드러났다. 향기를 데리고 풀 뒤로 들어가 쪼그려 앉았다. 포그머신의 전원 위치와 용액을 넣는 곳을 가리켰다.

 "이거는 연기 양 조절하는 건데 알맞게 설정해 둔 거라서 안 건드리는 게 좋아. 조금만 돌려도 엄청 나온대."

 향기는 알려준 것을 하나씩 짚으며 되새겼다. 풀을 헤치고 나무를 지나 다음 공간으로 걸었다. 향기가 멈춰 서서 공간을 크게 둘러보았다. 가운데에 나무 한 그루가 서 있고, 양쪽 벽에 붙은 굵은 나뭇가지가 중앙을 향해 뻗어있었다. 전시가 시작되면 가운데 나무를 향해 연보랏빛 조명이 켜지고 나뭇잎 모양 은박이 빛을 조각내 반짝거린다. 타이밍에 맞춰 물, 잔디, 꽃잎 같은 영상도 바닥에 들어간다. 연기도 잔잔하게 깔리고.

 "저거 라일락 나무지?"

 "그럴걸? 여기 테마 이름이 봄 향기의 색이니까."

 "이름 예쁘다. 향기에 색이 있는 걸 오늘 알았네. 여기서 보니까 저 양쪽 나무들이 라일락 나무한테 손 뻗고 있는 것 같아."

"그래? 라일락 향기가 좋아서 그런가."

무슨 뜻인지도 모르고 한 말인데도 향기는 고개를 끄덕였다.

"그런가 봐, 잡고 싶은 건가 봐."

전시장을 끝까지 돌고 출구로 나갈 때 향기가 나를 불렀다. 내 손을 가져가 잡았다. 청포도 사탕이 손에 들어와 있었다.

며칠 동안 일교차가 크더니 완전히 선선해졌다.

"아까 일본인들 기억나?"

맥주를 삼키면서 고개를 끄덕였다. 바람이 불었다. 루프탑 바의 꼬마전구가 살살 흔들렸다.

"라일락 거기. 음악 맞춰서 조명 켜지고 라일락 나무에 영상 켜지잖아. 그때 잠깐 들어갔는데 일본인들이 동시에 에? 스게, 우츠쿠시, 그러는 거야. 나도 모르게 큰소리로 웃을 뻔했잖아."

"거기 예쁘긴 해. 근데 너 일본어도 할 줄 알아?"

"고등학생 때 학교에서 잠깐 배웠지. 근데 다 까먹었어. 그래도 스고이, 카와이 정도는 알잖아."

"그렇지. 그 정도는."

"나는 일본어 중에 카와이가 가장 좋더라. 한자로 쓰면 가능할 가(可)에 사랑 애(愛)잖아. 사랑이 가능한 사람, 사랑받을 사람이라고 하는 것 같아서 좋아. 그래서 애인이 귀여워 보이면 못 빠져나온다나 봐."

 바람이 향기의 머리카락을 쓰다듬었다. 향기는 머리칼을 한쪽 어깨로 모아서 쓸어내렸다. 그리고 포크로 감자튀김과 케첩을 찍었다. 우물거리는 입꼬리에 빨간 줄이 그어졌다. 휴지를 뽑아서 내밀었다. 그제야 핸드폰 액정에 얼굴을 비춰본 향기가 "조커."하고 으르렁대는 표정을 지었다. 나는 못 빠져나온다는 말을 정확하게 이해했다. 카와이, 는 사실 못 빠져나와도 좋아요, 얽매여도 좋아요, 라는 뜻이 아닐까. 아니면 나는 당신에게 얽매였어요, 라든가. 조커 분장을 지우는 향기를 보면서 오늘이구나, 하고 생각했다.

* * *

 연기가 눈앞에 아른거렸다. 한 여자가 뒤에서 나타나더니 횡단보도 옆에 서있던 택시에 탔다. 택시가 출발하자 바닥에서 연기가 소용돌이치면서 올라왔다. 손을 내저었다. 횡단보도 신호등에 파란불이 들어왔다. 도로 위로 사람들이 쏟아졌다. 여기저기서 사람들이 다가오는데 자꾸 눈앞에서 연기가 알짱거렸다. 길 건너 빵집 앞에 멈춰 섰다. 신호가 바뀌고 자동차들이 교차로를 통과했다. 이제 어디를 가야 하나. 연기가 먹자골목 쪽으로 흘렀다. 친구들과 술 마실 때나 가는 곳이지 혼자서는 영 할 게 없는 곳이었다. 연기는 계속해서 그 방향으로 몸을 늘였다. 하긴 갈 곳도 못 정했으면서 따지기는. 연기를 따라갔다. 노래방들과 술집을 지났다. 편의점이 있는 작은 사거리에서 직진하고, 갈림길에서 규카츠집을 끼고 오른쪽 골목으로 꺾었다. 큰길 쪽과 다르게 밤에도 조용한 구역이었다. 한순간 연기가 사라졌다. 빨간 벽돌의 연립주택들이 양쪽으로 늘어서 있고 작은 간판들이 고개를 빼꼼 내밀어 나를 쳐다보았다. 몇 걸음 들어갔다. 꼬치구이집과 수제버거집 다음에 주황색 기와지붕의 카페가 있었다.

주문대에 섰다. 예상외로 손님이 많았다. 따뜻한 핸드드립 커피를 주문했다. 여직원이 원두를 갈고 드리퍼에 담고 물을 붓는 동안 카페 안을 눈으로 훑었다. 2층짜리 주택을 개조했는지 가정집의 구조가 그대로 남아있었다. 음료를 만드는 곳은 부엌을 그대로 썼고, 거실과 안방은 문과 벽지를 떼고 페인트를 바른 것 같았다. TV가 있었을 법한 거실 벽에는 긴 선반을 붙여 그림 접시들과 음악 CD, 스피커를 놓았다. 선반 맞은편에 자리를 잡았다. 가느다란 연기가 나풀거렸다. 맨 위 선반에서 인센스 스틱이 타고 있었다. 풀의 푸른 향과 나무에 가죽을 감싼 듯 묵직한 향이 함께 떠다녔다. 깃발처럼 살살 나부끼는 연기를 보고 있으니 커피가 나왔다.

라일락 인센스 *˙.

　　　　　　　　＊ ＊ ＊

"인센스는 시간에 꽂는 깃발이래."

 인센스 가게에 그렇게 쓰여 있었다면서 향기가 라이터 부싯돌을 굴렸다. 착, 착. 나는 향기의 방을 크게 둘러보았다. TV와 마주 본 매트리스, 매트리스 발쪽에 냉장고, 싱크대…. 시선을 따라 착, 착, 소리가 이어졌다. 라이터를 건네받아 불을 켰다. 향기가 인센스 스틱을 가져다 댔다. 불이 붙기를 잠깐 기다렸다가 붙은 불에 손부채질을 했다. 꼭대기 끝 빛나는 불씨에서 이윽고 연기가 폴폴 쏟아졌다. 내 쪽으로 흘러오기에 냄새를 맡았다. 매캐한 향이 코를 찔렀다. 제사 향과 다를 게 없었다. 향기는 조금 있어야한다며 모서리에 구멍이 난 사각 접시에 인센스 스틱을 세웠다.
"이거 얼마나 타?"
"한 시간 정도 타던가. 더 짧나."
"그렇게 오래가지는 않네."
"근데 한번 피우면 군데군데 향기가 스며서 며칠 동안 계속나. 연기는 어디든지 가잖아."
 그렇게 말하면서 향기는 TV로 넷플릭스를 켰다. 작은 상을 펴고 밖에서 사 온 돈가스와 떡볶이를 올렸다. 매트리스에 걸

터앉아 '너의 이름은.'을 보았다. 영화가 끝날 즈음에 우리는 벽에 등을 대고 잠들어 있었다. 향기를 침대에 눕히고 먹은 것들을 정리했다. 걸을 때마다 라일락 향기가 풍겼다. 방에 연보라색 연기라도 깔린 것 같았다. '봄 향기의 색'에서 보랏빛으로 반짝이는 나무가 떠올랐다. 어쩌면 정말 향기에 색이 있을 수도 있겠구나 싶었다. 분리수거를 하고 매트리스에 누웠다. 향기가 애써 눈을 떴다.

"혼자 다 치운 거야?"

"물 마시는 김에."

"미안해."

향기가 나의 몸통을 끌어당겼다. 머리카락을 쓰다듬었다. 라일락 향기가 솔솔 일었다. 연보라색 연기가 그녀의 몸을 따라 흐르는 듯했다. 향기에 색이 있다면 색에도 향기가 있지 않을까.

* * *

스피커가 다른 노래를 시작했다. 인센스 스틱이 고개를 숙이더니 재가 툭 떨어졌다. 얼마 남지 않았다. 필라테스가 어쩌고, 학교 기숙사가 어쩌고, 남자 친구가 어쩌고 하는 이야기들 사이로 설거지 소리가 리듬을 만들었다. 싱크대 옆의 쪽문에서 남자가 머리만 내민 채로 여직원을 불렀다. 창밖으로 눈길을 옮겼다. 햇살이 도로에 내려앉았다. 배달 오토바이가 지나갔다. 멀어지는 모터 소리를 들으면서 남자와 여직원이 어떤 이야기를 하고 있을지 상상했다. 대타를 구하는 걸까. 혼나고 있으려나. 이번 달까지만 일해달라고 하지는 않을까. 그렇다면 왜 해고되는 걸까. 계약기간이 끝났나. 그래도 웬만하면 계약기간을 늘려줄 텐데.

모터 소리가 사라지자, 내 목소리가 일어났다.

"모르겠어. 너를 더 만나야 할 이유를."

나는 향기를 왜 만났을까. 왜 헤어지자고 했을까. 지금도 이유를 찾지 못했다. 좋아하는 것이야 이유가 없어도 된다지만, 헤어짐에는 이유가 있을 터였다. 내가 잘 다니던 카페를 관둔 건, 그 이유를 찾기 위해서가 아닐까. 끝날 때까지 끝난 것이 아니고, 끝났다고 해서 끝난 것이 아니니까. 끝 다음에도 끝이 있다. 꼭 모든 준비를 마치고 끝에 닥치는 것도 아니니까.

"지금까지 나를 왜 만났는데?"

인센스 스틱의 마지막 재가 떨어졌다. 침착한 듯 앙다문 입술과 흔들리는 검은자위가 연기와 함께 흩어졌다. 정말로, 그냥 향기가 좋았던 것처럼 헤어질 때가 되어서 그냥 헤어진 걸까. 헤어질 때라는 게 있기는 한 걸까. 분명 그냥은 아닌데. 그냥이라고 하면 정말 그냥이 되어버릴 것 같아서 향기와 함께 꽂아놓은 깃발들을 되짚는 걸지도 모르겠다. 더 만나야 할 이유가 없다는 말을 듣고서 향기는 어떤 마음이 들었을까. 향기는 나를 더 만날 이유가 있었을까. 이유라는 것이 있기는 한 걸까.

택배 트럭이 골목을 지나갔다. 여직원과 남자가 웃으면서 나왔다. 괜히 마음이 놓였다. 커피를 마셨다. 상큼한 맛이 가볍게 치고 나서 구수한 향이 올라왔다. 찌르르한 단맛이 혀에 남았다. 커피와 같이 나온 종이 카드를 집었다. 원두의 정보와 느낄 수 있는 향들이 쓰여 있었다. 뒷면은 폭죽 그림이었다. 알록달록한 폭죽 아래의 글씨를 읽었다.

펑, 빛은 금방 사라지더라도
추억은 반짝반짝, 오래 남잖아요.

"왜 이렇게 빨리 타."

우리의 첫 겨울, 속초의 해변이었다. 글씨 사진을 찍자며 향기가 스파클라 폭죽을 사자고 했다. 향기는 향기만큼이나 불놀이를 좋아한 것 같다. 폭죽 사진도 찍고, 글램핑 가서 모닥불도 피우고, 생일 초도 불어야 하고, 방에서 인센스 스틱도 피우고. 목표는 LO와 VE였다. 향기가 L과 V, 내가 O와 E를 맡았다. 마음 같지 않았다. 글씨가 잘 나오면 구도가 별로였고, 자리를 잘 잡으면 글씨나 표정이 별로였다. 폭죽도 금방 꺼져서 꼬챙이만 쌓여갔다. 화약 냄새가 옷에 흥건하게 스몄다. 향기는 핸드폰을 움켜쥐고 망한 사진들을 휙휙 넘겼다.

"이게 뭐야. 뭐 해보지도 못하고 쓰레기만 잔뜩 나왔잖아."

"몇 번 더 해보자. 아쉽잖아. 내가 더 사 올게."

핸드폰과 설 자리를 잘 맞추고 스파클라 폭죽에 불을 붙였다. 빛 조각들이 마구 터졌다. 팔을 휘저었다. 까르르 웃는 향기와 커다란 L이 잘 찍혔다.

내 책상 위의 인센스 스틱은 향기가 준 것이었다. 성수동에 갔던 날, 인센스 스틱을 다 썼다며 가게에 들렀다. 향기를 막 맡더니 척척 집어 들고 계산까지 했다. 나한테도 향을 맡게 하는 바람에 밖으로 나왔음에도 코가 제정신이 아니었다. 향기는 인센스 스틱 한 묶음을 나에게 건넸다. 한번 써보라고, 자기가 제일 좋아하는 향이라고.

그러고서 한 번도 피우지 않았다. 향기의 방에 놀러 갈 때마다 향기는 인센스 스틱에 불을 붙이면서 피워봤느냐고 물었다. 나의 대답은 늘 '아직 익숙하지 않아서', '나중에 피워볼게'였다. 향기에게 헤어지자고 한 날까지도 인센스 스틱은 새것이었다.

처음으로 피운 건 한 달 전, 그러니까 헤어지고 두 달이 지났을 때였다. 향기와 관련된 물건들을 큰 상자에 넣던 중이었다. 카페 매니저의 말마따나 나는 이별하기 전에 진작 다 정리했어야 했는지도 모른다. 하지만 헤어졌다고 해서 헤어짐이 끝나는 건 아닌 모양이다. 그러니까, 끝 다음 끝. 여운이라고 하기도 하고 정리라고 하기도 하는 그것을 치러야 했다. 이별 통보를 한 쪽은 나인데, 어떻게 보면 받은 쪽인 것도 같았다. 향기를 정리할 생각도 못 하고 있었으니 말이다. 헤어지자는 말이 좋아하는 마음을 지우는 버튼이라면 얼마나 좋을까.

그래서 나는 인센스 스틱에 불을 붙였다. 피워나 보자 하는 마음도 있었지만, 이렇게라도 향기를 소모해야 할 것 같았다. 라이터가 없어서 가스레인지를 켰다가 도로 껐다. 그래도 라이터를 쓰는 게 어떤 예의를 갖추는 거라는 생각이 들었다. 편의점에서 라이터를 구해와 불을 붙였다. 후. 연기가 내 쪽으로 폴폴 오더니 곧 천장으로 하늘하늘 올랐다. 생각보다 연기가 많이 피었다. 창문을 살짝 열었다.

계속해서 향기의 것으로 상자를 채웠다. 뚜껑을 닫고 구석에 밀어놓았다. 창문을 닫았다. 탄내는 사라지고 라벤더 향기가 은근하게 났다. 나는 그 순간 전시장의 나무 앞에 서 있다가, 향기의 방에 앉아 있었다. TV를 마주 보고 앉아서 왼쪽에는 베란다로 나가는 창문. 오른쪽으로 고개를 돌리면 책상과 멀리 현관, 화장실, 싱크대와 냉장고. 벽을 따라오면 매트리스. 침대에 모로 누웠다. 잠깐 핸드폰을 하다가 일어나니 인센스 스틱은 다 타고난 후였다. 연보라색 연기가 방 곳곳에 매달려있었고, 침대 주위에서도 잔잔하게 넘실거렸다.

방문을 열 때마다 향기의 방에 들어서는 기분이 들었다. 인센스 스틱은 디퓨저나 방향제랑 다르게 구석구석 향이 스며들었다. 적응되었나 싶다가도 문득문득 코를 쑤셨다.

* * *

카페 앞 도로가 붉어졌다. 자리에서 일어났다. 노을이 지고 있었다. 해는 지고 내일 다시 뜬다. 한 해가 가면 새해가 온다. 저문다는 건 다시 온다는 것이 아닐까. 어디에 있는지 안다면 돌아오는 걸까. 만약 돌아온다면 '기간제 베프'의 계약을 연장할 수도 있는 걸까. 마지막에 향기는 이제 뭐 하면서 지낼 거냐고 물었다. 일단 카페 다니면서 생각할 것이라고 답했지만 생각해 둔 계획은 없었다. 카페도 관두었다. 내가 갈 길도 정하지 못했고, 향기가 돌아올 만한 지점도 지운 셈이었다. 어쩌면 향기가 먼저 '강력탈취' 같은 것으로 나를 지웠을지도 모를 일이었다. 향기는 그렇게 정리를 마쳤을까.

이제는 내가 떠날 차례인데. 내 차례인데. 이제는 꽂아두었던 깃발도 뽑아내야 하는데. 이제는 마음을 허물어야 하는데.

맥도날드 이 층 창가에 자리를 잡았다. 바깥은 이미 저녁이었다. 교차로에 사람들이 엉키고, 버스와 차들이 지나다니는 것을 지켜보았다. 엉키고 지나다니는 것이 참 태연했다. 빅맥 포장지를 쪽지 모양으로 접고 자리에서 일어났다.

다시 교차로 횡단보도에 섰다. 혼자 맞는 저녁은 할 일이 없다. 식사는 조금 전에 했고, 친구들은 바빴다. 혼자 코인노래방을 가기도 좀 그렇고 술을 마시는 건 더욱 그랬다. 나는 무엇을 하고 싶을까. 단지 향기 생각을 하고 싶은 걸까. 신호가 바뀌었다. 버스정류장으로 건너갔다. 집으로 가는 버스는 아직이었다. 전광판의 남은 시간을 보니 방금 지나간 모양이었다. 별안간 날이 싸늘해졌다. 바람이 막 들이치더니 진눈깨비가 날렸다. 버스가 오고 사람들이 타고 내렸다. 신호가 바뀌면 교차로로 사람들이 쏟아져 나왔다. 진눈깨비인지 안개인지 연기인지 모를 것이 도로를 뒤덮었다. 바로 앞도 잘 보이지 않았다. 사람들이 불쑥불쑥 나타날 때마다 흠칫 놀랐다. 연기 속에서 사람들은 잘도 걸어 다녔다. 하지만 나도 안다. 연기는 보이지만 없는 것이라는 걸. 연기 속으로 머리를 들이민 버스가 치, 하고 멀어졌다.

책상에 앉았다. 하나 남은 인센스 스틱을 집었다. 불을 붙이고 후.

벌써 세 달이라는 게 믿기지 않았다. 곧 봄이 될 테고 여름이 밀고 들어올 터였다. 기후변화가 심하니까 더 빨리 올지도 모른다. 향기는 이번 생일을 어떻게 보내려나. 하고 싶었던 대로 도쿄에 가려나. 도쿄타워가 잘 보이는 곳에서 사진을 찍고, 시부야역에서 하치 동상을 만나 카와이, 라고 외치고, 사람들과 함께 바로 앞 교차로에 뛰어들까. 그런 향기는 누가 지켜볼까. 인센스 스틱이 연보랏빛 연기를 뿜었다. 책상 위에 고이다가 아래로 넘쳐흘렀다. 나는 한순간 도쿄의 어느 호텔로 넘어갔다. 케이크에 초를 꽂고 노래를 부르고 생일 초를 불었다. 향기가 후, 하자 다시 내 방 책상이었다. 바닥에서 차오른 연기가 다시 책상 위를 향해 파도쳤다. 라일락 향기가 넘실거렸다. 나는 다시 향기의 방에 서있었다. 밥을 먹고, 영화를 보고, 함께 잠을 자는 우리들이 동시에 나타났다. 방 모서리와 책장과 마룻바닥 틈에서 연기가 피었다. 우리들 사이로 연기가 퍼졌다. 한순간 우리들은 다 사라지고 연기만 남았다.

인센스 스틱이 재를 떨구었다. 어깨높이까지 연기가 차올랐다. 나는 헤어지자고 말하는 나였다가, 나를 바라보는 향기였다가, 두 사람의 옆으로 비켜섰다. 아무리 생각해도 만날 이유가 없다는 게 헤어질 이유는 아니었다. 나는 헤어지고 싶었던 게 아니었다. 단지 서성이고 있었다. 향기와 함께 나아갈 방향을 찾고 있었던 게 아닐까. 향기만 바라보고 있으면 나아갈 수 없는데, 그렇다고 어딘가로 가자니 갈 곳을 알 수 없었다.

연기가 천장에 닿았다. 사방이 뿌연 연보라색이었다. 기분이 이상했다. 공연장 이후로 삼 년 만에 향기를 다시 만난 것처럼 언젠가 또 불쑥 나타날 것 같았다. 끝 다음의 끝이 있다면 만남과 다음 만남도 있는 게 아니겠나. 연기 너머에서 향기의 목소리가 내 이름을 불렀다. 자리에서 일어나 손을 휘저었다. 연기를 헤치며 나아갔다. 한참 걷어내고 나니 '봄 향기의 색' 공간이었다. 라일락 나무와 양쪽 벽의 나뭇가지 모두 철거하기 전의 모습 그대로였다. 향기와 반 년 정도 일을 했을 때 전시 기간이 끝났다. 나는 카페로, 향기는 다른 공부를 해보겠다며 학원을 다녔다. 그래도 변함없이 우리는 라일락 인센스 스틱을 피웠다. 숨을 마실 때마다 연보라색 연기가 코로 들어왔다. 향기야. 목소리가 공간을 빙빙 돌았다. 다시 향기를 부르자 라일락 나무에 환한 보랏빛이 들었다. 연보라색 연기도 솔솔 일었다. 라일락 나무 뒤쪽에서 바람이 불었다. 은박 나뭇잎이 조각낸 빛들이 꽃잎이 되어 날렸다. 팔을 뻗었다. 꽃잎은 잡히지 않았다. 바람이 거세졌고 연기도 몸집을 불렸다. 꽃잎을 향해 팔을 늘이고, 주먹을 쥐었다 펴도 꽃잎은 주위를 스쳐갔다. 향기가 다시 내 이름을 불렀다. 라일락 나무쪽으로 발을 내디뎠다. 바람과 나무와 꽃잎과 목소리가 한순간 사라졌다. 연보라색 연기 속에 혼자 남았다. 손을 휘젓고 이리저리 뛰었지만 벗어나지 못했다. 어디로 가야 할지 둘러보는데 착, 착, 소리가 났다. 소리를 향해 돌아서자, 향기의 향기가 났다. 연기 속으로 손을 뻗었다.

물들어가다

김승윤

중앙대학교 문예창작학과를 졸업했다.

이달의 장르소설 공모전에 당선되어
단편 「감점 포인트」를 출간했다.

앞으로도 쓰고 싶은 이야기,
써야 할 이야기를 선보일 예정이다.

늘 어머니의 선택 속에서 삶을 통제받았던 은선은 대학교 졸업을 한 학기 앞둔 어느 날, 돌담 사이에 핀 보라색 도라지꽃을 보며 잊고 지낸 과거를 떠올린다. 고등학교 시절, 그 옆에 있던 현준을.

"만약 바람에게 다리가 있다면, 나는 그걸 부러뜨릴 거야."

활짝 열려 있는 도서실 창 안으로 바람이 굴러들어 왔다. 여름 끝자락과 초가을 사이 특유의, 조금은 누그러진 햇빛 냄새가 은선의 주위로 느리게 감겨들었다. 조용하다. 모의고사 날이라 그런지 운동장에서 축구하는 학생도, 도서실에 남아 공부하는 학생도 없다. 고요함을 넘어 적적한 느낌이 들기도 한 이 공간 속에서 은선은 바람을 타고 떨어지는 먼지 소리를 들으려는 듯 청각에 집중했다. 동시에 차양을 만들고 있던 손을 치워야 하나 말아야 하나. 손을 치워 앞에 있는 현준이 지금 무슨 표정을 짓고 있는지 확인해야 하나 고민했다.

바람에게 다리가 있는 건 무엇이고, 현준은 왜 그걸 부러뜨리고 싶어 하는 걸까. 이런저런 생각에 은선이 미처 손을 내릴 타이밍을 놓쳤을 때, 창틀 위로 두 팔꿈치를 올려 창밖으로 상체를 살짝 내빼고 있던 현준이 또다시 말했다.

"은선아, 나랑 같이 선운산에 갈래?"

 현준이 은선 쪽으로 몸을 비스듬히 돌렸다. 여전히 손으로 차양을 만들고 있었기에, 은선은 어깨 위 현준의 얼굴이 보이지 않았다. 보이지 않아서 기억나지 않았다. 그때 현준이 무슨 표정을 짓고 있었는지, 어떤 감정으로 자신에게 그런 말을 한 건지. 다만, 자신 쪽으로 향해진 어깨가 콩벌레처럼 언제든지 몸을 둥글게 말 준비를 하듯 굽어 있어서. 그 어깨에 내려앉은 먼지가 현준이 몸을 돌림으로써 자신 쪽으로 후욱 나부껴서. 그래서 콧잔등에 힘을 주며 애써 간지러운 코끝을 참아야 했음을 은선은 기억할 뿐이었다.

 차양을 만들고 있는 두 팔이 저렸다. 그런데도 은선은 고집을 부리듯 손을 내리지 않았다. 대신 다림질이 옅어진 하복 소매 밑으로 유독 가는 현준의 팔뚝을 쳐다보았다. 춘추복 시기인데도 교내에서 유일하게 하복을 입고 다녀 벌점을 여러 번 받았다고 들었는데. 그런데도 여전히 홀로 하복을 입고 다녀 고스란히 보이는 현준의 팔뚝에는 알록달록한 색들이 찍혀있었다.

빨간색, 초록색, 보라색. 오롯이 드러난 멍 자국들.
숨길 생각조차 없이 떳떳하게 햇빛을 마주하는,
남들과 다르게 팔에 피어난 흔적들.

"그래, 가자."
그날은 시험이 끝나고 충동적으로 선운산에 갔던 날이었다.

* * *

"고창……."

은선은 일렬로 정차된 버스들 위에 쓰여 있는 표지판을 작게 읊었다. 바로 앞에 있지 않는다면 들리지 않았을 말은 내뱉어진 것보다도 더 많이 은선의 입안에 울림을 남겼다. 찬 공기와 함께 잔여물처럼 길게 내빼진 발음을 그대로 삼키며, 은선은 버스에 올라탔다. 뒤에서 두 번째. 예매한 좌석 번호를 찾아 앉고서 닫혀있던 커튼을 열어젖히자 승객 네 명을 태운 버스에 시동이 걸렸다.

버스 기사가 앞에서부터 차례로 버스 예매표를 받았다. 은선이 마지막이었다. 은선은 다가온 버스 기사에게 예매표를 건넸다. 표를 받아 든 버스 기사가 표에 적힌 좌석 번호와 은선을 번갈아 보았다. 은선은 뭐가 문제인지 모르겠다는 듯 의

아한 표정을 지었다. 좌석을 잘못 앉았나 생각하면서도 일어서서 좌석 번호를 확인할 엄두를 내지 못했다. 은선은 버스 기사의 입만 빤히 바라보았다.

"일행은 언제 옵니까? 9시 정각 되면 바로 출발할 건데."

"아……."

버스 기사의 말에 은선은 그제야 두 명의 좌석을 끊었구나 하고 깨달았다.

버스 기사가 어떻게 할 거냐는 눈빛으로 은선을 채근했다. 앞에서 어떤 아주머니가 출발 시간 다 되었다고 작게 불퉁거렸다. 한 명이 입을 열자 나머지 두 명도 버스 기사를 재촉했다. 은선이 멋쩍은 미소를 지었다.

"괜찮아요. 그냥 출발하셔도 돼요."

"그럼 출발합니다."

부욱.

표를 두 조각으로 찢은 버스 기사가 은선에게 한 조각을 내밀었다. 반쪽짜리 표를 받아든 은선은 뒤늦게 표에 찍힌 성인 2명 표시를 발견했다. 성인 2명. 성인. 2명. 은선은 말없이 단어들을 반복해 읽다가 코트 주머니에 표를 집어넣었다. 때마침 주머니 속에 넣어두었던 핸드폰이 진동했다. 짧게 진동한 것으로 보아 문자 메시지가 온 듯했다. 은선은 아차 싶으며 핸드폰을 꺼내 확인했다. 메시지 앱에 1이 찍혀있었다.

오늘 온,?

짧은 문장 속에서 오타가 난무했다. 문자를 보내면서 그녀가 얼마나 많은 고민을 했을지 은선은 쉬이 알 수 있었다.

지금 버스 탔어요.

간략하게 답장을 보내고서 다시 핸드폰을 주머니에 넣으려는데, 보낸 지 얼마 안 되어서 또다시 진동이 울렸다.

집 주소는 그대로긴 하지만, 굳이 안 와도 된다.

마치 미리 쳐 놓았던 것처럼 순식간에 온, 오타 하나 없이 깔끔한 문장이었다. 마침표까지 찍힌 문장을 은선은 뚫어져라 쳐다보며 속으로 여러 번 곱씹었다. 문장 안에 꾹꾹 눌러 담긴 진심을 파헤치려는 듯이. 파란색 네모 상자 안에 담긴, 검은색 글자들을 이루는 어떠한 것들을 밝혀내려는 듯이. 예전에 현준을 찾던 것처럼 샅샅이.

제가 가고 싶어서요.

그러다 이내, 은선은 평범히 답장을 보내고서 핸드폰을 도로 코트 주머니에 넣었다.

창에 머리를 기댔다. 서늘한 기운이 관자놀이에 와 닿았다. 버스가 방지턱을 넘으며 크게 덜컥였다. 반동으로 창에 머리를 부딪치자 찡하고 골이 울리면서 옛 기억이 스멀스멀 떠올랐다. 그땐 몰랐는데. 무의식적으로 탄식이 새어 나왔다. 그땐 전혀 몰랐는데.

고등학교 2학년 모의고사가 끝나던 날. 대부분의 학생이 시험이 끝나자마자 집에 가거나 어디론가 놀러 갔을 때. 약속이라도 한 것처럼 도서실에서 현준과 만나 충동적으로 선운산에 가게 되리란 것을 알지 못했는데. 그리고 그것이 현준과 함께한 마지막 여행이 되리란 것도 예측할 수 없었는데.

은선은 눈을 질끈 감았다. 어느새 고속도로를 타게 된 버스의 속도감이 몸을 엄습했다. 몸이 잠시 뒤로 밀리는 기분과 함께 파묻히는 감각이 느껴졌다. 모든 게 5년 전과 똑같았다. 사람보다도 빈자리가 더 많은 버스가 조용히 온 힘을 다해 내달리는 것도, 창밖으로 보이는 풍경도, 뒤에서 두 번째 자리에 앉은 자신조차도.

은선은 손을 살짝 뻗어 빈 옆자리를 쓸었다. 사늘한 가죽이 꼭 현준의 마지막 온기 같았다. 흡, 하고 은선은 저도 모르게 숨을 크게 들이켰다. 1, 2, 3초. 참다가 후우 입으로 숨을 내뱉었다. 그렇게 반복하며 미처 입 밖으로 꺼내지 못한 막연한 그리움을 잘근잘근 씹었다.

다 똑같은데 여기에 너만 없다.

너만.

* * *

현준을 알게 된 건 고등학교 입학식 때였다. 현준과 직접 대면을 했다거나, 새 학기 특유의 서먹함과 풋풋함을 가지고 서로 통성명을 하며 자연스레 각자의 존재를 인지한 건 아니었다. 빳빳하게 다림질된 두 치수 큰 교복 자켓을 입고 펭귄처럼 뒤뚱거리며 강당에 모여 있는 학생 중, 은선은 그저 발견했을 뿐이었다. 검은색 교복 자켓 사이로 얇은 춘추복 카디건만 걸치고 있는 현준을. 그것도 하복 위에다가.

아직 꽃샘추위가 한창인데 혼자 하복에 카디건을 걸치고 있다니. 은선은 다른 반 줄에 서 있는 현준의 뒷모습을 보며 저런 사람이 어머니가 말했던 부류의, 잘할 줄 아는 게 없으니 이상함으로 주변 관심을 받아 자존감을 채우는 사람이구나 하고 생각했다. 그렇기에 현준이 학생 대표로 단상 위에 올라갈 때나, 어쩌다 복도에서 현준을 보게 될 때면 늘 혼자 있는 것에, 그리고 그것이 전혀 개의치 않다는 듯한 그의 모습에 당황할 수밖에 없었다.

입학식 때 선생님께 경고를 받았는지 그 이후로 은선은 현준이 하복을 입고 있는 모습을 본 적 없었다. 현준은 다른 애들과 똑같이 춘추복을 입으며 학교생활을 보냈다. 시험 이후 교내 게시판에 올라온 석차에선 현준의 이름이 1등을 차지하고 있었지만, 그렇다고 그가 선생님의 총애를 독차지하거나 어울려 다니는 친구가 많다거나 하진 않았다. 평범한 아이. 공부를 잘하는 것 외엔 그저 평범한 학생. 현준은 딱 그 정도였다. 하지만 이상하게도 은선은 그런 현준이 자꾸만 눈에 들어왔다.

첫인상이 강렬해서 그런 건 아니었다. 오히려 복도에서 현준을 마주칠수록 은선은 미묘함을 느꼈다. 마치 교묘하게 바꿔 놓은 틀린 그림 찾기처럼 현준은 주변 풍경과 어우러지듯 보이면서도 어딘가 모를 괴리감을 주었다. 그래서 언제부터인가 은선은 자기도 모르게 복도를 걸을 때면 눈으로 현준을 찾기 시작했다. 틀린 그림을 찾듯이 꼼꼼히.

미묘함이 점점 분명해지기 시작한 건 언젠가 한 번 현준이 복도에서 다른 학생과 부딪친 걸 봤을 때였다. 그때 한창 미술 시간에 사인펜으로 점묘화를 했었는데, 사인펜은 미술 시간보다도 쉬는 시간에 학생들이 서로의 몸에 낙서하는 용도로 더 많이 사용되었다. 누군가는 사인펜으로 알록달록하게 색칠하며 오목을 두기도 했고, 누군가는 서로 커플링이라며 손가락에 삐뚤빼뚤한 선을 긋기도 했다. 또 유독 장난이 심한 애들은 자는 친구의 얼굴에 낙서하며 킥킥대기도 했다. 그러다 들키면 서로 쫓고 쫓기는 도둑잡기를 시작하여 복도를 누비는 게 연이은 순서로 이어졌다.

현준과 부딪친 학생은 복도를 가로질러 도둑잡기를 하던 한 남학생이었다. 친구의 얼굴에 낙서를 하고 그대로 사인펜을 들고 도망 다니던 남학생은 현준과 부딪치면서 그의 왼쪽 가슴팍에 사인펜 자국을 남겼다. 순식간에 새하얀 교복 와이셔츠에 보라색 사인펜 물이 들었다. 남학생은 바닥에 찧은 엉덩이를 문지를 새도 없이 자신이 들고 있던 사인펜과 현준의 옷을 번갈아 보더니 순식간에 벌떡 일어섰다. 그러고서 허둥대며 사과를 건네려다, 현준의 얼굴을 보며 멈칫 몸을 굳혔다. 엇…. 남학생은 딱 거기까지만 말하고서 입을 다물었다. 자신이 무슨 말을 하려던 건지 까먹은 것처럼 엉거주춤 서 있기만 했다. 그러다 뒤늦게 쫓아온 친구를 보며, 살았다는 듯 후다닥 자리를 피했다.

현준은 사과도 제대로 하지 않고 도망간 남학생을 뒤쫓지 않았다. 고개를 돌려 점점 멀어져가는 남학생을 쳐다보지도 않았다. 그저 남학생이 남기고 간, 보라색 자국을 말없이 내려다볼 뿐이었다. 현준은 화장실로 가서 와이셔츠에 묻은 색을 지워내지도 않고 아무 일도 없었다는 듯 교실로 들어갔다.

현준이 아무것도 하지 않아서, 그래서 조금 멀리서 모든 상황을 지켜보고 있던 은선은 현준 대신 남학생이 뛰어간 방향을 응시했다. 고개는 이미 보이지 않는 남학생 쪽으로 돌아간 상태에서 현준의 가슴팍을 물들인 보라색을 떠올렸다. 그리고 쉬는 시간이 끝났다는 종이 칠 때쯤, 은선은 왼손을 들어 손등에 찍힌 자국을 확인했다. 남학생이 뛰면서 은선의 손등에 그은 또 다른 보라색. 그 보라색은 아무리 손을 씻어도 옅어져만 갈 뿐 쉬이 지워지지 않았다.

* * *

"20분 안으로 돌아오세요."

버스가 휴게소에 정차했다. 은선은 딱히 배고프지 않아 가만히 있으려고 하다가 소변이 마려워 밖으로 나왔다. 버스 안에서는 들리지 않았던 소리가 밖으로 나오자 사방에서 들려왔다. 주차하려다 갑자기 나온 사람들 때문에 경적을 울리는 차 소리. 화장실에 줄 서며 조잘조잘 떠드는 사람 소리. 푸드 코트에서 들려오는 음식 만드는 소리. 평일인데도 다양하게 들리는 소음 속에서 은선 혼자만이 조용히 화장실 줄을 서고, 볼일을 보고, 음식 냄새들을 지나쳤다.

걸음을 멈춘 건 휴게소 끝자락에 진열된 세계 각종 특산물을 보고서였다. 4등분으로 나뉜 커다란 진열대 안에 나라별 국기와 그에 맞는 특산물이 담겨있었다. 독일 국기에는 맥주가, 그리스 국기에는 올리브를 담은 병이, 이탈리아 국기에는 레몬즙이. 그렇게 한 3개의 진열대가 나열되어 있었는데, 그중 은선은 태국 국기 옆에 있는 것이 가장 눈에 들어왔다.

"…망고스틴."

은선은 동결건조된 건망고스틴 하나를 집어 들었다. 분유통과 비슷한 크기의 통에는 새하얀 속살을 내보이는 망고스틴 사진이 프린트되어 있었다. 그리고 반으로 쪼개져 있는 망고스틴 옆에 짙은 보라색의 단단한 껍데기로 둘러싸여 있는 본연의 망고스틴도 함께 보였다. 그것은 은선이 책에서 본 적 있는 특산물이었다. 2학년 동아리 시간 때 현준과 함께 읽은 세계 여행 에세이에서.

은선이 공식적으로 현준을 알게 된 건 2학년 동아리에서였다. 은선은 어머니의 말씀을 따라 언제 어떻게든 생활기록부에 적절하게 말을 바꿔 쓰기 편한 독서 동아리에 들어갔다. 후에 경영학과에 진학하게 되면 동아리 시간 때 경제 신문이나 여러 논문을 읽었다는 둥, 영어교육학과로 가게 되면 영어 소설을 읽는 게 취미였다는 둥 말을 바꿀 수 있었으니까. 어떤 이유를 붙이든 맞는 말이 되는 게 나중에 가면 편하다고, 어머니는 세상 살아가는 데 유용한 정보를 알려주듯 은선에게 말했다. 늘 그렇듯 허리에 양손을 올리고서.

그렇게 들어간 독서 동아리에서 현준을 만난 건 지극히 우연이었다.

"망고스틴 먹어본 적 있어?"

현준은 은선 옆에 앉아 여행 에세이 책을 그녀 쪽으로 살짝 내밀었다. 손가락으로 가리킨 곳에는 보라색 껍데기를 입고 있는 망고스틴과 함께 건망고스틴 특산물 사진이 있었다. 먹어본 적 없다고 은선이 고개를 내젓자, 현준이 친절하게 설명했다.

"망고스틴 겉면은 검보라색 껍데기로 되어있어서 처음 보면 과일보단 돌멩이 같다는 생각이 들어. 그런데 반으로 쪼개면 안에 새하얀 속살이 있어. 그걸 먹는 거야. 얼려 먹어도 맛있고, 그냥 먹어도 맛있어."

은선은 왜 그걸 자신에게 말하는 건지 의아했다. 혹시 자신이 먹어본 적 없다고 해서 현준이 지금 자랑을 하는 건가 헷갈리기도 했다. 하지만 그렇게 따지고 드는 것보단 그냥 현준의 말을 들으며 책 속 망고스틴을 관찰했다.

"…꼭 모자를 쓰고 있는 것 같네."

검보라색 모자를 쓴 것 같아. 은선이 그렇게 말하자 현준이 입을 벌려 소리 없이 웃었다. 바르게 보이는 얼굴과 대비되게 현준의 앞니는 덧니였다. 그것 또한 붕 뜨는 것 같은 미묘함을 주어, 은선은 현준의 덧니를 빤히 바라보았다.

"그러게. 꼭 두꺼운 옷을 입은 것 같네. 숨고 싶나 봐."

그러다 이어지는 현준의 말이 생각보다 무거워서, 은선은 무언가 들킨 사람처럼 저도 모르게 헛숨을 들이켜야 했다.

그 후 은선과 현준은 점심시간만 되면 도서실에서 만났다.

약속한 건 아니었다. 그냥 자연스럽게 점심을 먹으면 도서실로 가게 되었고 만나 인사했다. 그리고 약속이라도 한 듯 해외여행 책을 꺼내 이 나라 저 나라를 살피며 나중에 여기를 갈 거라느니, 가서 무엇을 먹을 거라느니 등의 얘기를 나눴다. 보통 현준이 먼저 얘기를 꺼냈고, 그다음 은선이 현준의 이야기를 베끼듯 말을 지어내곤 했다. 그 시간 그 자리에 앉아 아이디어를 짜내듯 지어낸 답변이었다. 이제 막 2학년이 시작되었을 뿐인데, 미리감치 자기소개서와 면접을 준비하자며 면접관처럼 식탁에 앉아 있는 어머니에게 모의면접으로 말했던 때처럼 쥐어 짜낸 답변. 하지만 현준과 있는 시간은 어머니와 있을 때와 사뭇 달랐다. 똑같이 말을 더듬을까 봐 가슴이 두방망이질 쳤으나, 은선은 현준과 있는 시간이 싫지 않았다. 가슴이 떨리는 게 두려워서인지 설레서인지 헷갈렸지만, 현준과 있을 때면 은선은 스스로 생각하고 말할 수 있었으니까.

그러니 그때 현준과 나눴던 건 누가 뭐래도 은선의 꿈이었다. 은선 스스로 꿈을 꾼 거나 마찬가지였다. 책 위에 내려앉은 먼지처럼 쾌쾌한 꿈. 뉴욕 거리를 걸으며 도넛을 먹거나, 베트남 다낭 해변에 하릴없이 누워 시간을 보내거나, 필리핀 세부에서 고래상어를 보러 다이빙을 한 후에 망고를 먹을 거라는 등. 비록 그때 말했던 것 중 아무것도 이룬 게 없지만, 여행책 페이지마다 현준과 지문을 남기며 조잘댔던 것은 은선에게 지금도 아득한 꿈으로 남아있다.

  막연했던 미묘함이 막막한 분명함으로 뒤바뀐 건 하복으로 갈아입기 시작한 때였다.
  "이거… 왜 그래?"
  하교 시간 때도 도서실에서 만나 담소를 나누는 게 일상이 되었던 어느 날. 은선은 2학년이 되어 처음으로 하복을 입고 도서실로 갔다. 현준은 먼저 와서 늘 앉던 창가 옆, 도서실이 한눈에 보이는 구석진 자리에 가 앉아 있었다. 자연스럽게 그 옆으로 가 앉은 은선은 현준의 팔뚝에 나 있는 색색의 멍을 보게 되었다.
  "아픈 시기는 지났어."
  왜 그렇냐고 물었는데도 현준은 그렇게 답했다.
  어감이 묘했지만, 그렇기에 은선은 지금껏 현준에게서 느꼈던 아득함이 무엇인지 깨달을 수 있었다. 전교 1등을 놓친 적 없는 현준이 왜 생각 이상으로 선생님들에게 총애를 받지 않는지, 혼자 있을 때면 왜 그렇게 이질감이 느껴졌는지, 사인펜을 들고 복도를 뛰어다니던 남학생이 어째서 현준 앞에선 얼어붙은 것처럼 멈춰 섰는지.
  얽히고 싶지 않은 거였다. 복잡한 사정을 가진 것처럼 보이는 사람하고는 그 이상으로 가까이하고 싶지 않은 거였다. 사람들은 어려운 문제를 회피하고자 하는 성향이 있었으니까. 굳이 한 사람이 가진 슬픔이나 고통에 동화되고 싶진 않았을 테니까. 언젠가 술을 잔뜩 마시고도 소파에 바른 자세로 누워 있던 어머니가 은선에게 "우울한 감정일수록 손쉽게 옮으니 저리 가"라고 말했던 것처럼. 사람들은 제게 안 좋은 영향을 끼치는 것에 민감해하니까.

그렇다면 그때 현준에게 무엇을 해줬어야 하며, 어떠한 말을 건네줬어야 했던 걸까. 은선은 지금도 알 수 없었다. 부정적인 감각에 노출되면 쉽게 감염되기에 늘 자신을 통제했던 어머니처럼, 은선은 현준을 통제할 수도 그럴 마음도 없었다. 그 때문에 입 딱 다물고 가만히 앉아 현준의 얘기를 들었다.

그날, 은선은 현준에 대해 많은 걸 알게 되었다. 현준 아버지의 입버릇이 내 집에서 나가라는 것이고, 그의 어머니는 그런 아버지의 말대로 집을 나갔다는 것. 그리고 어머니가 나간 이후 아버지의 입버릇은 어느새 나가 죽으라는 말로 바뀌었다는 것. 그럼 왜 입학식 날에 혼자 하복 위에 카디건을 입고 있었느냐며, 은선은 화제를 돌리려 애써 다른 질문을 꺼냈으나 돌아온 건 현준의 버석한 웃음이었다.

"그날 어머니가 나가셨거든."

아침에 일어나니 어머니의 옷가지랑 신발이 없었어. 아버지는 분노하셨고 집 안에 있는 물건을 전부 던지기 시작하셨지.

그래서 급하게 신발만 신고 나왔어. 교복도 입지 못한 채로. 어쩔 수 없이 잠옷을 입고 학교에 가야 했어. 교무실에 가서 사정을 말하고 혹시 남는 교복이 있다면 하루만 빌릴 수 있느냐고 물었지. 근데 하복 한 벌이랑 카디건밖에 없다고 하시더라고. 거기까지 말한 현준이 입을 벌리며 바보 같은 웃음을 지었다.

"아침이라 해도 이른 시간이라 다른 학생들이 없어서 다행이었지 뭐."

그 웃음에 은선은 자신이 멍청한 표정을 짓고 있다는 걸 깨달았다. 30도 정도 틀어져 있는 현준의 덧니보다도 못나게 보였을 것이라고.

* * *

3시간 10분을 달려 고창에 도착했다.

버스에서 내린 은선은 가볍게 목을 뒤로 젖히며 찌뿌둥한 몸을 풀었다. 내내 주머니 속에 넣어두었던 핸드폰을 꺼내니 아무런 연락도 와 있지 않았다. 은선은 그녀에게 고창터미널에 도착했다고 문자를 보내려다가 말았다. 그러고서 택시 앱에 들어가 택시 하나를 잡았다. 도착지를 선운산으로 설정해놓자 금세 택시가 잡혔다.

택시를 타고 선운산으로 이동 중일 때, 얼마 안 가 핸드폰이 길게 진동했다. 확인하지 않아도 알았다. 어머니일 터였다. 은선은 손으로 핸드폰을 꽉 쥐었다. 반항이라도 하는 듯 진동이 점점 더 커져만 갔다. 몸 전체가 울리는 느낌이 들자 어쩐지 어지러웠다. 멀미할 것만 같아 은선은 택시 창문을 살짝 내렸다. 따가운 햇빛 아래로 시원한 바람이 이마에 와 닿았다.

손안에서 느껴지던 진동이 멎었다. 그 뒤로 또 한 번 짧은 진동이 느껴졌다. 전화를 받지 않으니 문자를 보낸 것이었다. 은선은 확인하지 않았다. 휜했다. 돌아오라는 문자일 터였다. 부모는 알까. 그들의 행동이 자녀에게 어떤 영향을 미치는지.

은선은 말할 때마다 허리에 양손을 짚던 어머니를 떠올렸다. 허리를 짚을 때마다 양옆으로 뻗친 팔꿈치가 무척 날카로웠다. 그래서인지 항상 조곤조곤 말하며 언성 한번 높인 적 없었는데도, 살집이 없어 더욱 뾰족한 팔꿈치가 은선에게는 참으로 파괴적으로 다가왔다. 그것은 꼭 어머니만의 무기 같았다.

어머니는 은선에게 종종 잘 선택하는 것이야말로 가장 중요하다고 조언했다. 그러니 굳이 어려운 길로 가지 말고 편한 게 있으면 그것을 선택하라고. 그것은 집안의 반대를 무릅쓰고 아버지와의 결혼을 선택했다가 서로 갈라서고 나서 깨달은 어머니만의 방식이었다. 은선이 무언갈 생각하기도 전에 사소한 것 하나하나 지정해 주는 건 그래서였다.

"넌 아직 어리니까 엄마가 알아서 해줄게."

어머니는 언제나 은선을 그녀의 테두리 안에서 벗어나지 않게끔 보호했다. 이미 한번 실패를 겪어봤으니 제 딸에겐 틀린 길을 가게 하지 않으리라는 생각으로 은선을 통제했다. 가끔 은선이 어머니의 선택에 의문을 표하면, 그녀는 절대 화를 내지 않고 사근사근한 어조로 은선에게 말하곤 했다. 엄마 집에선 엄마 말이 곧 하나뿐인 선택지야. 그럴 때마다 은선은 그렇다면 자신의 집은 도대체 어디일까 하고 또 다른 의문이 들곤 했다.

택시에서 내리며 은선은 생각했다. 그러니 현준을 따라 선운산에 갔었던 건 어쩔 수 없는 일이었다고. 주변과 동떨어져 오히려 자유로워 보이는 현준과 어머니의 아래에서 벗어나지 못하는 자신이 전혀 달라 보일 수도 있지만, 지금의 은선은 알았다. 그때 현준과 자신은 같은 것을 희망하고 있었던 것을. 그렇기에 수많은 학생 중 서로를 알아볼 수 있었던 것을.

"은선아, 빨리 와."

선운산에 도착하여 자꾸만 길이 없는 곳으로 들어가던 현준을 은선은 기억한다. 앞서 걸어가는 현준을 등 뒤까지 따라잡았다 생각하면, 어느새 다시 저 멀리 풀과 나뭇잎이 무성히 자란 곳으로 들어가 있는 그의 뒷모습을 기억한다. 안으로 걸어 들어갈수록 제게로 손 뻗는 나뭇가지들을 하나하나 쳐냈던 것도. 쳐낼수록 오히려 더 손을 뻗어 살을 찔렀던 것도. 바람에 따라 잎을 흔들며 머리를 쓰다듬거나 간지럽히던 것도. 머리 위로 산새가 울며 지나가고 바람은 적당히 시원했던 날. 모든 게 한적하고도 평화롭기만 한데 은선은 자꾸만 앞서가는 현준을 산이 삼키는 듯해서, 그런 현준을 혹여나 놓칠까 봐 불안해했다.

현준은 학교를 나와 버스터미널로 갈 때도, 중간에 휴게소에 들러 간식을 나눠 먹었을 때도, 그리고 고창에 도착해 선운산 입구 앞에 다다랐을 때도 별다른 말을 하지 않았다. 선운산에 가야 할 이유나 은선에게 같이 가자고 권한 이유 같은 건 일절 알려주지 않았다. 그래서 은선도 묻지 않았다. 묻지 않았지만 알 수 있었다. 현준의 얼룩덜룩한 팔이 많을 걸 말해주고 있었으니까.

현준을 따라 꽤 걸었다고 생각할 때쯤 어디선가 물 흐르는 소리가 들렸다. 은선은 이마에 흐르는 땀을 닦으며 주위를 둘러봤다. 조금 떨어진 곳에서 시냇물이 흐르고 있었다. 길이 없는 곳으로 왔던 현준은 이번엔 시냇물을 따라 걷기 시작했다. 은선도 다시 현준의 뒤를 쫓았다. 그렇게 몇 분 정도 더 걸었을까. 잘만 가고 있던 현준이 갑자기 쪼그리고 앉았다. 어디 아픈가 걱정이 들 때쯤, 현준이 해맑은 목소리로 말했다.

"이것 봐, 도라지꽃이야."

현준이 앉은 상태에서 고개만 뒤로 돌려 은선을 바라봤다. 머리 위로 올린 손에서 영롱한 보랏빛을 내는 도라지꽃 한 송이가 보였다.

"보통 도라지꽃은 8월에 지는데, 이건 아직 피어있네. 얘만 남았어."

현준이 도라지꽃을 들고 자리에서 일어섰다. 은선과 마주 보며 선 현준이 가슴 앞으로 도라지꽃을 든 채 하하 웃어 보였다. 그러자 은선은 불안해졌다. 가슴 앞에 보라색 꽃을 들고 서 있는 현준의 모습이 와이셔츠에 보라색 사인펜이 묻었던 모습과 겹쳐서. 팔에 피어난 멍 자국들이 검보라색 껍데기에 숨어있다고 말한 망고스틴과 닮아서. 그래서 은선은 어서 빨리 선운산에서 벗어나고 싶어졌다.

"장례식장 때 말이야. 이렇게 영정 사진 앞에 꽃잎을 앞으로 두면 죽은 사람이 꽃향기를 맡을 수 있고, 거꾸로 줄기를 앞으로 두면 죽은 사람이 꽃을 잡을 수 있대. 넌 어떻게 두고 싶어?"

은선은 대답하지 않았다. 뜬금없이 장례식장이라니, 영정 사진이라니. 그건 아직 은선이 접하지 못한 세계였다. 대답하지 못하고 머뭇거리고 있을 때, 바람이 불어와 은선과 현준의 사이를 헤집었다. 머리 위로 갈색으로 변하고 있는 잎들이 하나둘 떨어졌다. 현준은 고개를 들어 떨어지는 잎을 바라봤다. 그러고서 잡으려는 듯 팔을 뻗었다. 뻗은 팔과 대조되게, 아무것도 잡지 않으려 손가락을 살며시 말고 있었다. 현준의 손을 피해 재주껏 나뭇잎이 떨어졌다.

"바람에게 다리가 있다면, 나는 그걸 부러뜨릴 거야."

도서실에서도 했던 말이었으나 이번에도 은선은 그게 무슨 말이냐고 묻지 못했다. 그 말을 하는 현준 자신도 무슨 말을 하는지 모르겠다는 듯 보였으니까. 그 후 은선과 현준은 서로 아무런 대화도 없이 다시 집으로 돌아왔다. 잘 가. 짧은 인사를 나누며 터미널에서 각자의 집으로 향했다. 그리고 그게 현준의 마지막 모습이었다.

홀로 선운산을 걸으며 은선은 생각했다. 너는 꽃향기를 맡고 싶었던 걸까, 아니면 꽃을 잡고 싶었던 걸까. 그때 왜 그런 말을 한 거였을까. 죽을 걸 알고 있었던 거야. 그래서 그런 말을 했던 거야. 은선은 그렇게 생각할 수밖에 없었다. 그의 어깨는 언제나 축 처져 있었으니까. 9월에 홀로 남은 도라지꽃처럼, 현준은 혼자였으니까.

코트 주머니에 손을 넣자 무언가 부스럭거렸다. 꺼내 확인하니 버스 예매표였다. 은선은 성인 2명이라고 적힌 버스표를 한참 바라보았다. 혼자서만 어른이 되었구나. 그리 말하며 은선은 도서실에서 현준과 나눴던 꿈을 되뇌었다. 어른이 되면 자유롭게 돌아다닐 수 있다고, 그때를 손꼽아 기다린다고 다짐하듯 말했던 꿈들. 어쩌면 그건, 어딘가에 속하고 싶은 투정이 아니었을까. 여기저기에 제 흔적을 남기고 싶어 안달이던 아이들의 욕망이 아니었을까. 그때의 우리는 가장 작은 사회망에서조차도 속하지 못한 존재였으니까.

다시 택시를 타고서 은선은 고창 덕산리에 있는 작은 주택으로 갔다. 끼익. 녹슨 쇠문을 열고 들어가자 마루에 앉아 있는 나이 든 여성이 보였다. 햇볕을 쬐고 있는지 눈을 지그시 감고 있던 여성은 은선이 들어오는 소리에 느리게 눈을 떴다.
"오랜만이구나. 한… 5년 만인가?"
"안녕하세요."
현준의 어머니였다.
은선은 대문을 통과해 주춤거리며 그녀의 옆에 앉았다. 머리 위로 햇빛이 내려오자 순식간에 몸이 나른해졌다.
"이 먼 곳까지 오기 힘들었을 텐데."
"오고 싶어서 온 거예요."
은선은 그녀의 얼굴을 쳐다보았다. 5년 만에 만난 그녀의 얼굴 위로 주름이 자글자글하게 내려앉아 있었다. 머리카락도 하얗게 센, 그녀의 볼을 더욱 움푹하게 만들었다.

그날 현준과 버스터미널에서 헤어지고 나서, 은선이 다시 현준을 보게 된 건 장례식장에서였다. 장례식장에는 은선의 또래보다 어른들이 많았다. 아니, 은선의 또래는 일절 없었다. 그래서 은선은 혼자 현준의 영정 사진을 바라봐야 했고, 국화를 어떻게 놓을지 고민해야 했으며, 맑은 뭇국이 차려진 테이블에 앉아야 했다.

자살이래요. 공부 잘하는 아들내미라고 하지 않았나? 내가 듣기론 밤에 산을 오르다 굴러떨어진 거라던데? 예끼, 이 사람아! 밤에 혼자 산을 오른 것부터가 이상하잖아.

듣고 싶지 않은 말들이 오고 갔다. 은선은 귀를 틀어막고 싶었다. 현준이 그럴 리가 없다. 은선은 당장이라도 관 속에 누워있는 현준을 흔들어 깨워 도대체 왜 늦은 밤에 혼자 그런 곳에 갔느냐며 따지고 싶었다. 씩씩거리며 호흡이 가빠졌다. 머리로 산소가 통하지 않는 것 같고 가슴이 답답했다.

"숨 들이마셔요. 1, 2, 3초. 참아요. 내쉬어요."

그때, 누군가가 은선의 어깨를 잡았다. 은선은 목소리를 따라 숨을 마시고, 참고, 내뱉었다. 어느 정도 진정이 되고 나서 고개를 들어 상대를 확인하니 볼살이 움푹 파인 한 여성이 시뻘건 눈을 하고 서 있었다. 그 여성이 현준의 어머니라는 건 조금 뒤에 알았다. 혼자서만 상복을 입고 있었으니까.

그만 집에 가려는 은선을 붙잡은 건 그녀였다. 그녀는 아들 또래가 이곳에 온 건 처음이라며, 미안하지만 시간이 되면 현준의 학교생활 이야기를 들려줄 수 있느냐고 물었다. 제 팔을 붙잡고 늘어진 이는 처음인지라 은선은 저도 모르게 알겠다며 약속을 잡았다. 잡고 나서 후회했다. 딱히 해줄 말이 없었기에.

은선이 현준에 대해 알고 있는 건 그가 어떤 나라를 여행 가고 싶어 했으며 거기서 무얼 하고 싶어 했는지 뿐이었다. 좀 더 사적인 영역으로 들어가면 아버지와의 관계뿐이었는데, 현준을 두고 집을 나온 그녀에게 과연 그런 것까지 말해도 되나 고민되었다. 하지만 막상 약속된 카페에서 그녀를 만났을 때, 그녀는 마치 이미 모든 걸 알고 있다는 듯한 표정으로 차분히 은선의 말을 기다렸다. 그 모습이 꼭 점심시간마다 어디에 가서 무엇을 하고 싶다고 말할 차례가 되면 재촉하지 않고 자신을 기다렸던 현준의 모습과 닮아서, 은선은 그만 모든 걸 얘기하고 말았다. 왜 현준과 자신이 서로를 알아볼 수밖에 없었는지까지.

이거, 혹시 모르니 받아주었으면 좋겠다. 이야기를 전부 털어놓은 은선에게 그녀는 연락처와 주소가 적힌 종이를 내밀었다. 전라북도 고창. 은선은 현준이 왜 선운산으로 갔어야만 했는지 그제야 깨달았다.

"오늘 처음 온 네겐 미안하지만… 앞으로는 여기에 오지 말렴."

노을이 질 무렵, 집으로 돌아가려던 은선에게 그녀가 말했다.

"죽은 애 계속 붙잡고 있는 것도 좋지 않다. 은선이 넌 젊잖니. 하고 싶은 걸 해야지."

걱정스러운 눈길이 은선에게 와 닿았다. 그러고서 과거 카페에서 은선의 이야기를 기다렸던 것처럼, 현준이 그랬던 것처럼 그녀는 은선을 가만히 바라보았다.

"…그렇지 않아도 마지막 인사를 하려고 오늘 온 거였어요. 아주머니에게도, 현준이에게도."

그녀가 놀란 듯 눈을 크게 떴다. 그러면서도 기다려주듯 아무 말 않고 가만히 있었다.

"한동안은… 아니, 아주 오랜 시간 동안 이곳에 못 올 거예요. 오더라도 그게 언제가 될지 몰라요."

"어디 가는 거니?"

은선이 머뭇거리며 시선을 살짝 아래로 내리깔았다. 앞코가 다 닳은 낡은 운동화를 신고 있는 그녀의 발이 보였다.

"네. 세계 일주를 하려고요. …예전부터 꿈이었거든요."

꿈, 이라는 단어에 어쩐지 은선은 목덜미가 가벼워지는 듯했다. 무거웠던 어깨도 한결 풀리는 기분이었다. 은선은 숙이고 있던 고개를 들어 그녀를 마주 보았다. 그녀가 사르르 눈웃음을 지었다. 잘 되었다며, 건강히 다녀오라며 은선의 어깨를 다독여주기도 했다.

"언제부터 그런 훌륭한 계획을 세운 거니?"

현준과 닮은 얼굴로 그녀가 묻자, 은선이 자기가 생각해도 어이없다는 듯 입을 벌려 웃으며 말했다.

"그저께요."

은선의 입안으로 무르익은 바람이 들어왔다.

올라가는 버스 속에서 은선은 핸드폰을 확인했다. 어머니에게서 여러 건의 문자가 와 있었다.

막 학기 남겨두고 휴학을 신청하다니, 너 제정신이니?

얼른 엄마 집으로 돌아와. 얼굴 보고 얘기하자.

답 좀 해 봐. 정말 이럴 거야?

현준이 죽고, 은선은 현준을 만나지 않았던 삶으로 돌아가야 했다. 크게 달라진 건 없었다. 점심을 먹고 더 이상 도서실에 가지 않는다거나, 하교 후에 곧장 어머니가 끊어 놓은 학원으로 간다거나 할 뿐이었다. 그렇게 은선은 어머니가 정해준 대학교와 학과로 진학했고, 별 탈 없이 4학년을 다녔다. 매 학기 들을 수 있는 최대 학점을 신청했고, 아르바이트도 했으며, 그렇게 해서 모은 돈으로 대학 근처 저렴한 자취방도 얻었다.

현준을 잊기 위해서라도, 현준의 생각이 나지 않기 위해서라도 바쁘게 하루하루를 보낸 것이다.

휴학을 신청한 건 졸업을 한 학기 앞둔, 개강한 지 3일이 지나고 나서였다. 에코백을 메고 강의실을 이동하며 오리엔테이션을 듣던 중, 학교에 있는 화단을 가로지를 때였다. 화단에는 가지각색의 색을 피워낸 꽃들이 있었는데, 그중 은선의 눈에 들어온 건 화단 뒤 돌담 사이로 핀 도라지꽃 한 송이였다.

혼자만 삐죽 머리를 내밀고 있는 꽃 한 송이.

9월인데도 지지 못한 보라색 꽃 한 송이가 은선의 발을 붙잡았다.

그렇게 잊고 지내려고 노력했는데. 은선은 꽃을 보며 그만 헛웃음을 터뜨렸다. 마주해야 할 마음을 유예했던 지난날들이 부질없게 느껴졌다. 유예하다니. 그런 건 없었다. 이미 자신은 현준에게 물든 상태였으니까.

그 이후 곧장 과 사무실로 가 휴학 신청서를 제출했다. 어머니에게 휴학 신청했다고만 메시지 보내고서 가까운 사진관에서 사진을 찍고 여권을 신청했다. 그러고서 서랍 한구석에 고이 넣어두었던, 색이 바랜 종이에 찍힌 그녀의 번호로 문자를 보냈다. 안녕하세요, 아주머니. 저 은선이에요. 실례가 되지 않는다면 내일 아주머니댁으로 찾아뵈어도 될까요?

다녀올게.

은선은 자판을 꾹꾹 눌러 어머니에게 답장을 보냈다. 그러고서 버스 창가에 머리를 기댔다. 고속버스였기에 창을 열 순 없었으나, 창밖으로 보이는 나뭇가지가 흔들리는 걸 보아하니 바람이 부는 듯했다.

은선은 아직도 현준이 왜 죽었는지, 장례식장에서 들려온 얘기 중 무엇이 진실인지 알지 못했다. 알려고 하지 않았다. 다만 그저 바랄 뿐이었다. 어디에도 속하지 못했던 현준이, 자신이, 이제 그만 안락하게 몸 누일 곳을 찾았으면 하고.

해가 넘어가며 나뭇가지에 붉은 바람이 걸렸다.

드디어 제대로 된 가을을 마주하는 느낌이었다.

꽃 문신

하지석

크고 작은 아이디어들을 짧은 작품으로 탄생시키는
대학생 단편소설 작가입니다.

글의 영감과 아이디어를 받는 원천은
사진과 음악, 영화 등 다양합니다.

앞으로 더 다양하고 긴 작품들을 집필해 나갈
열망이 있으며, 아직 더 읽고 더 쓰면서
성장해 나갈 부분도 많습니다.

> 빚과 돈 문제로 고민하는 주인공 '미나'는 '설계자'라는 인물과 함께 일을 하게 된다. 설계자는 그녀의 몸에 의문의 꽃 문신을 새기는데, 그것은 인간의 몸을 통해서 자라날 수 있는 꽃이었다.

제1장

 길 가장자리 물웅덩이에 도시의 야경이 비쳐 있었다. 태양이 사라지고 하늘이 검게 물든 밤, 도시를 비추는 것은 건물들과 가로등에서 뿜어져 나오는 인공적인 빛이었다. 이런 밤의 도시는 붉고 파란 색감을 띠었다. 단아한 사진처럼 물웅덩이에 담긴 야경을 누군가 지나가며 밟고 깨뜨렸다. 웅덩이를 밟고 지나간 것은 한 젊은 여성이었다. 짙은 검은색의 머리를 등까지 길게 늘어뜨리고 파란 눈동자를 가진 그녀는 살구색 코트를 입었고, 우아하면서도 신비로운 분위기를 뿜어냈다. 그녀의 이름은 미나였다.

미나는 눈부신 전구들이 가득한 건물들을 등진 채, 더 눅눅한 불빛들이 희미하게 감도는 뒷골목으로 향하는 길을 걷고 있었다. 뒷골목에 그녀는 볼일이 있었다. 뒷골목에도 사람들이 살고 있었지만, 도시의 중심지나 번화가에 거주하는 인구의 십 분의 일조차 되지 않았으며, 이렇게 늦은 밤 그들 대부분은 자신들의 집으로 되돌아갔다. 그런 이유에서인지 미나가 걷는 길거리는 썰렁하고 조용했다. 도시의 번화가를 오가는 사람들은 이 거리를 두고 '외로움의 길'이라고 불렀다. 하지만 미나는 길을 걸으면서 외로움은커녕 고요함에서 오는 안정감을 즐기고 있었다. 미나의 집이 있는 도시에서는 눈 부신 불빛, 콘크리트의 차가움, 차량과 사람들의 소음 모두가 미나의 감각들을 괴롭히고 압도했으며, 그녀는 그것을 좋아하지 않았다. 그런 만큼 이런 고요함은 쉽게 느낄 수 있는 것이 아니었다. 미나는 도시의 환경과 그 불편함에 대한 기억을 머리 뒤쪽으로 밀어 넣은 채, 자신이 뒷골목으로 향하는 이유만을 되새기며 계속 걸었다.

어느덧 미나는 골목 안으로 들어왔으며, 크고 작은 집과 건물 몇 채로 둘러싸여 있었다. 뒷골목이 처음은 아니었지만 자주 드나드는 곳도 아니었기에, 미나는 주머니에서 작은 지도를 꺼내서 몇 번이고 골목과 지도를 번갈아 확인했다. 요즘 같은 시대에는 휴대폰을 활용해 쉽게 길을 찾을 수 있었지만, 미나의 목적지는 인터넷 지도에 나타나는 장소가 아니었다. 길을 찾기가 어려운 듯, 불편한 표정을 얼굴에서 지워내지 못한 미나는 계속해서 골목 이곳저곳을 누비고 다녔다. 가끔씩 저 멀리서 경찰차의 사이렌이 들리고 보였지만 그럴 때마다 미나는 불빛이 닿지 않는 어둠 속에 몸을 숨길 수 있었다.

시간이 얼마나 흘렀을까, 미나는 어느덧 자신의 목적지로 생각되는 곳 앞에 도달하게 되었다. 그곳은 뒷골목에서는 중간 정도의 크기인, 3층에서 4층 정도 되는 건물의 뒤쪽에 난 작은 문이었다. 문 옆에는 '문신 시술소'라고 쓰인 작은 간판이 있었다. 문에는 사람의 눈높이쯤 되는 부분에 여닫을 수 있는 슬라이딩 해치가 설치되어 있었다. 미나는 코트의 주머니에서 작은 명함 하나를 꺼내 들었다. 검은색의 명함에는 아무런 글자나 정보 없이 세 개의 두꺼운 선만이 그어져 있었다. 미나가 시선을 돌려 문의 위쪽을 바라보니 검은 바탕에 세 개의 두꺼운 선이 똑같이 새겨져 있었다. 이곳은 그녀가 찾는 장소임이 분명했다. 미나는 지도를 주머니에 다시 집어넣은 다음, 그 손으로 검은 문을 몇 번 두드렸다. 5초 정도의 시간이 지나자, 문 반대편에서 불평 섞인 여자의 목소리가 들려왔다.

"영업 끝났습니다!"

미나는 그 말에 아랑곳하지 않고 단어 하나를 입에서 내뱉었다.

"아키텍트."

미나의 대답 이후 문 안쪽에서는 침묵이 잠시 이어지더니 곧이어 문 쪽으로 누군가 걸어오는 소리가 들렸다. 곧 해치가 열리고, 풀어진 눈을 한 여자가 모습을 드러냈다.

"설계자를 만나러 왔어요."

미나는 해치 안으로 명함을 내밀었다. 눈이 풀린 여자는 명함을 받고서 해치를 거칠게 닫았다. 뒤이어 금속이 부딪치는 작은 소리가 났고, 미나와 여자를 가로막던 문이 열렸다.

"안으로 빨리 들어와요."

여자는 낮은 목소리로 미나에게 말했다. 미나는 재빨리 안으로 들어갔고, 미나의 뒤로 여자가 문을 닫았다. 여자가 잠금장치를 다시 설치하는 동안, 미나는 문 반대편 내부가 어떻게 생겼는지를 빠르게 훑어보았다. 미나의 앞에는 길고 넓은 복도가 펼쳐져 있었으며, 복도의 끝부분에서 빛이 흘러나오고 있었다.

"이건 제가 가지고 있을게요."

여자가 미나의 앞으로 나와서 명함을 자신의 주머니에 집어넣었다. 여자는 분홍색 상의에 짧은 청바지를 입고 있었으며,

얼굴에는 화장이 짙었다. 노출된 팔과 다리에는 크고 작은 문신들이 새겨져 있었다.

"저는 설계자님의 비서, 다미라고 해요. 약속이 있으신 것 같은데 제가 안내해 드릴 거예요."

다미는 무표정하게 말한 후 복도 안쪽으로 걸어가기 시작했다. 미나는 말없이 다미를 따라 걸어갔다. 복도의 벽에는 수많은 그림과 사진들이 걸려 있었다. 사진들은 도시의 야경부터 사람과 음식 등, 온갖 물건과 대상들의 모습을 담고 있었다. 허나 그림은 조금 달랐다. 그림의 대부분은 알록달록한 꽃이나 줄기 같은 식물의 모습을 묘사하고 있었으며, 사진 중에는 식물 사진이 없었다. 커다란 복도를 걸어가던 와중, 다미와 미나의 옆으로 남성과 여성들이 몇몇 지나갔다. 다양한 외모와 옷차림을 한 그들은 하나같이 몸에 문신을 하고 있었다. 얼굴, 팔, 배까지 부위는 다양했으며 문신의 스타일도 제각각 달랐다.

복도의 끝에 다다르고 왼쪽으로 돌자 미나의 눈앞에는 미용실 비슷한 공간이 나타났다. 벽에는 거울 여럿이 설치되어 있었고 그 앞에는 사람들이 앉아 있었다. 문신을 새기는 장치들도 설치되어 있었다. 다미는 말없이 방을 가로질러 나아갔으며, 미나는 그녀를 뒤따라 걸어갈 수밖에 없었다. 그녀는 설계자를 만난다는 하나의 목적, 약속을 했기 때문에 쓸데없는 질문을 하거나, 중간에 멈춰 서서는 안 됐다. 그 이후에도 다미와 미나는 여러 개의 방을 거쳤으며, 둘 사이에는 단 한 마디의 대화도 오가지 않았다. 그들이 거치는 방들은 점점 크기가 작아져 갔다. 다섯 개 정도의 방을 거친 뒤, 마침내 다미가 하나의 문 앞에서 멈추었다. 미나는 다미를 따라 그녀의 뒤에 멈춰 섰다.

"이 문 뒤에 설계자님이 있어요. 무슨 비즈니스로 온 건지는 내가 알 일이 아니니까 잘해 봐요."

다미는 문을 두드렸으며, 잠시 뒤 문이 열리고 설계자가 모습을 드러냈다.

설계자는 굉장히 젊으면서도 날씬한 외모를 가지고 있었고, 머리카락 등을 포함해 얼굴에는 털이 한 올도 나 있지 않았다. 그의 얼굴과 몸에는 눈에 띄는 특징이나 부위가 없었으며, 겉모습만 봐서는 남성인지 여성인지 구분하기 어려울 정도였다. 특이한 점은, 꽉 끼는 와이셔츠만을 입은 그의 몸에는 이곳의 다른 이들과는 달리 문신이 전혀 없었다는 것이었다.

"이름이?"

설계자가 검은 눈동자를 반짝이며 미나에게 물었다.

"미나예요."

미나는 숨을 내뱉듯이 빠르게 대답을 했다.

"음, 맞게 잘 찾아왔군. 다미는 이제 가 보고, 미나는 안으로 들어와요."

설계자의 말과 함께 다미는 뒤돌아 걸어가기 시작했다. 미나는 설계자를 따라 그의 방 안으로 들어갔다.

그의 방은 예상한 것보다는 넓은 크기였다. 벽과 가장자리에는 수많은 종이 조각들과 알 수 없는 액체가 담긴 물병들이 쌓여 있었으며, 방의 중앙에는 문신 시술을 할 수 있는 침대와 기구가 배치되어 있었다. 이 모습을 본 미나는 마치 자신이 치과를 방문한 듯한 기분을 느꼈다. 설계자는 기구 옆에 놓인 작은 의자를 끌어당긴 다음 앉았다.

"먼저, 잘 생각했다는 말을 하고 싶어요. 함께 일을 하게 되어 영광이에요."

설계자의 부드러운 말에 미나는 말없이 고개를 끄덕였다.

"나는 일하기 전 대화를 많이 하는 사람은 아니에요. 그런 것들을 싫어하거든. 그래도 딱 두 가지만 미나 양에게 묻고 싶네요."

설계자는 질문을 이어갔다.

"먼저, 우리랑 일하고 싶다고 생각한 이유는 무엇인가요?"

미나는 벽에 몸을 기대고 고개를 숙이더니, 설계자의 질문에 답을 했다.

"돈. 돈 때문이에요. 다른 일로는 얻을 수 없는, 아주 큰돈이 필요하거든요."

미나의 목소리는 전보다 조금 무거워져 있었다. 미나의 말에 설계자는 천천히 고개를 끄덕였다.

"알겠어요…. 어디에 쓸 돈인지는 묻지 않는 게 예의니까. 다음 질문 그리고 마지막 질문으로 넘어갈게요…."

설계자는 몸을 앞으로 내밀었다.

"일이 구체적으로 어떤 과정을 거치는지, 어떤 영향이 있는지도 알고 있겠죠?"

미나는 고개를 계속 숙인 상태에서 대답을 했다.

"물론이죠."

말을 내뱉는 순간 미나의 목소리가 조금 흔들렸다. 미나는 다시 고개를 높이 쳐들어 설계자를 바라보았다. 미나의 파란 눈동자와 설계자의 검은 눈동자가 서로를 마주 보았다. 설계자는 곧 시선을 돌리고 몸을 뒤로 젖히며, 큰 소리로 말했다.

"아주 좋아요! 이제 본격적으로 시술을 시작하죠."

설계자는 자리에서 일어나 의자를 옆쪽으로 밀었다.

"우리랑 일하려면 문신을 하는 게 첫 단계죠. 내가 시술 준비를 할 테니 미나는 저기서 상의를 벗고 나와요."

설계자가 가리키는 방의 구석에는 천이 달린 작은 탈의실이 있었다. 미나는 말없이 설계자의 설명을 곧바로 따랐다.

탈의실에 들어가 가림막용 천을 치고 옷을 하나씩 벗으면서도, 미나는 복잡한 심리를 떨쳐내지 못했다. 자신이 옳은 선택을 하는 것인지를 계속 숙고하면서도, 이것이 자신에게 남은 유일한 선택지임을 반복해서 떠올렸다. 그녀는 걸음을 내디뎠고, 이제는 돌아갈 수 없었다. 미나는 깊은숨을 들이쉬면서 마음을 정리했다. 그리고는 탈의실 뒤쪽에 걸린 천으로 몸을 가린 채, 문신을 새기기 위해 밖으로 향했다.

설계자는 시술대 옆에 앉아 손에 시술기를 들고 있었다. 서로의 부끄러움을 덜기 위함이었는지, 천장 위의 전구는 더 은은하고 어둑한 불빛을 뿜어내도록 바뀌어 있었다.

"이제 여기 위에 등을 위로 향하게 하고 누워요."

설계자는 순서를 계속 설명했고, 미나는 그것을 그대로 따랐다.

"이제 몸에 문신을 새길 거예요. 시간이 생각보다 오래 걸릴 수 있으니 마음 편하게 먹고, 잠이라도 한숨 자요."

설계자의 말을 들은 미나는 조용히 눈을 감았다. 하지만 지금 잠에 빠질 수 있을지는 모르는 일이었다. 아니, 잠에 빠질 수 없으리라는 것을 그녀는 알고 있었다. 미나는 외부 세계를 자신의 감각 체계에서 차단한 채, 자신만의 어둠 속에서 마음을 고르고 시술이 끝나기만을 기다렸다.

시간이 지나 어느덧 새벽이 찾아왔다. 검은 하늘은 점점 옅은 푸른빛을 띠기 시작했으며, 차가운 새벽의 기운이 공기를 가득 채웠다. 저 멀리 도시에서는 한밤중만큼은 아니지만 여전히 불빛들이 켜져 있었다. 뒷골목은 도시보다도 어둡고 조용했지만, 도시보다 이르게 하루의 준비를 시작할 것이다. 시계가 새벽 다섯 시를 가리킬 무렵, 문신 시술소의 검은 문이 서서히 열렸다. 열린 문에서는 설계자가 가죽 자켓을 입은 채 걸어 나왔다.

"오늘 수고했어요. 미나."

미나는 여전히 말을 하지 않았으며, 아직 문의 안쪽에 서서 설계자의 말을 듣고만 있었다. 설계자는 주머니에서 편지봉투 하나를 꺼내 미나의 손에 쥐어 주었다.

"이 안에 든 종이에 다음 일의 장소와 방법 등이 자세하게 적혀 있어요. 내용을 다 외운 다음 종이는 갈갈이 찢어 버리거나 불에 태워 버리세요."

미나는 봉투를 받아 들고 고개를 약간 숙여 설계자에게 인사를 했다. 그런 다음 미나는 열린 문으로 걸어 나와 설계자를 지나쳐 걸어가기 시작했다. 자신이 왔던 도시로. 새벽의 골목

길을 걷는 미나는 코트를 손에 들고 있었다.

"아, 미나!"

미나의 등 뒤에서 설계자가 그녀를 불렀다. 미나는 그의 목소리를 듣자마자 뒤를 돌아보았다.

"봉투 안에 금액도 미리 조금 넣어 놨어요."

멀리서도 인식할 수 있는 큰 미소를 지으며 설계자가 말했다.

"고맙습니다."

미나는 설계자에게 짧은 감사를 표했다. 그런 다음 고개를 돌려 가던 길을 걷기 시작했다. 미나의 발걸음은 활기찼지만 무거웠으며, 그녀는 차가운 새벽 공기에 조금씩 섞여 들고 있었다. 그녀의 팔과 목 부분에는 기다란 꽃과 줄기의 문신이 새겨져 있었으며 그 문신은 옅은 보랏빛을 띠었다.

제2장

도로 한복판 물웅덩이에는 도시의 모습이 비쳐 있었다. 시간은 저녁 다섯 시경이었다. 하늘에서는 태양이 서서히 고개를 숙이면서 노을을 펼쳤으며, 세상은 주황색으로 물들었다. 뒤이어 하늘의 푸른빛은 점점 짙어지기 시작했고, 밤의 어둠

이 스멀스멀 나타나기 시작했다. 하늘의 이런 변화, 그리고 그 변화에도 아랑곳하지 않고 여전히 시끄럽고 밝게 빛나는 도시의 모습이 모두 웅덩이에 담겨 있었다.

택시 하나가 그 웅덩이를 가로지르고 물을 튀기며 지나갔다. 택시는 늙은 운전수가 몰고 있었는데, 뒷좌석에는 소녀 한 명이 타고 있었다. 소녀는 모자를 깊게 눌러쓴 채 손에는 작은 가방을 들고 있었으며, 나이는 십 대 후반에서 이십 대 초반 같아 보였다. 그녀의 이름은 이사벨이었다. 이사벨은 도시 외곽에 위치한 낡은 호텔로 향하고 있었다. 한때 도시에서 가장 화려하고 유명한 호텔이었던 이곳은 세월이 흐르면서 점점 쇠퇴해 갔으며, 현재는 영광이 사라진 채 그 거대한 몸집만을 유지하고 있었다.

서서히 이곳은 비밀리에 온갖 범죄 조직들이 거래를 하거나 질 나쁜 이들이 유흥을 즐기는 곳으로 변질되어 갔다. 호텔은 공식적으로는 그런 활동들을 부인하고 금지했지만, 무너져 가는 호텔은 자신의 닫힌 객실 문 안쪽에서 벌어지는 일들을 모두 통제할 수는 없었으며, 사실상 그런 활동들을 묵인하고 있었다. 호텔의 공식 명칭은 '바빌론 호텔'이었으나 세간에서는 범죄의 소굴이라 불렀다. 이사벨은 이 호텔에 볼일이 있었다.

호텔에 점점 가까워지자, 이사벨은 택시의 창밖으로 호텔을 바라보았다. 직접 눈으로 보니 건물 여럿을 합친 듯한 거대한 규모의 호텔이 실은 쇠퇴하고 무너져간다는 사실은 믿기 어려웠다. 호텔에는 태양이 저물며 남긴 마지막 노을이 묻어 있었으며, 이사벨을 태운 택시가 호텔 입구에 도착하는 동안 그 주황빛은 밤의 어둠에 씻겨 없어졌다.

택시를 타고 오는 동안 기사와 이사벨은 아무런 대화도 하지 않았다. 출발 전 목적지를 묻는 기사의 질문에 바빌론 호텔이라고 답하는 순간 기사의 얼굴에 생기가 가시는 것을 이사벨은 보았다. 이 호텔에 오는 것을 꺼렸으나 그래도 성의껏 자신을 이곳으로 데려다준 기사가 고맙다고 이사벨은 생각했다. 그가 아무런 질문도 하지 않고, 말 한마디 꺼내지 않은 점도 감사하게 생각했다. 이사벨은 호텔 입구에서 기사에게 값을 치른 후, 택시에서 내려 바빌론 호텔을 마주했다. 택시는 마치 이곳에서 도망치기라도 하듯 빠져나갔다.

이사벨은 낡은 시멘트 바닥을 밟으면서 호텔의 유리문을 열었다. 안으로 들어가자 펼쳐진 광경은 이사벨을 놀라게 했다. 호텔의 내부는 외부에서 보던 것만큼 넓고 거대했는데, 이사벨의 생각보다 더욱 깨끗하고 안정되는 분위기가 감돌고 있었다. 이사벨은 호텔 로비의 이곳저곳을 둘러보며 카운터로 향했다. 카운터에는 기다란 머리를 풀어 헤친 남자가 앉아 있었다. 이사벨은 그에게 다가가 말을 꺼냈다.

"131호에 배달 왔습니다."

남자는 이사벨의 말에 아무런 반응을 하지 않았다. 그녀를 쳐다보기는커녕 미동도 하지 않았으며, 자리에 앉아 컴퓨터 화면에 펼쳐진 무언가를 계속 들여다보고만 있었다. 그곳에 계속 서 있었지만 남자는 여전히 홀린 듯 화면만을 바라보고 있었다. 결국 이사벨은 말없이 뒤로 물러났으며, 카운터를 떠나 로비 안쪽에 설치된 엘리베이터를 향해 걷기 시작했다. 혹시 자신이 괜한 짓을 한 건지, 이런 자잘한 것들을 말한 것이 실수였는지 이사벨은 생각했다. 진정되어 있던 그녀의 마음이 다시 흔들리고 두근거리기 시작했다. 엘리베이터 옆에는 층별 객실을 나타낸 표가 붙어 있었다. 131호는 10층에 있었다. 이사벨은 1층에 서 있던 엘리베이터에 탑승한 다음 10층으로 향하는 버튼을 눌렀다. 이 모든 과정을 통틀어 정적만이 흘렀지만, 이사벨은 엘리베이터의 문이 닫히는 순간에도 누군가가 자신을 붙잡거나 불러 세우지는 않을까 걱정했다. 하지만 그런 일은 일어나지 않았으며, 엘리베이터는 조용히 그리고 느릿하게 움직이기 시작했다.

위층에 다다라 엘리베이터의 문이 열리면, 눈앞에 무엇이 있을지 이사벨은 알 수 없었다. 이사벨은 불안감에 점점 사로잡혔지만 계속해서 마음을 안정시키려 노력했다. 이번 딱 한 번일 뿐이라고. 일을 완수하고 보상금만 받고 나면 다시는 이쪽 일에는, 더러운 일에는 손대지 않겠다고. 아무 일도 없을 것이라고 말이다. 이사벨은 눈을 감았다. 얼마 지나지 않아 10층에 도착했음을 알리는 안내음과 함께 엘리베이터가 큰 소리를 내며 멈춰 섰다. 이사벨이 눈을 뜸과 동시에 엘리베이터의 문이 열렸다.

이사벨의 눈앞에 펼쳐진 복도는 다른 호텔들의 것과 다를 바가 없었다. 바닥에 깔린 붉은색 카펫은 이곳저곳 얼룩이 묻어 있었으며, 은은한 조명이 복도를 밝히고 있었다. 이사벨은 엘리베이터에서 내린 다음, 미로 같은 복도를 가로지르기 시작했다. 130호에서 140호를 가리키는 표지를 본 이사벨은 그곳으로 걸어갔다. 복도는 쥐 죽은 듯이 조용했다. 하지만 이사벨은 수많은 객실들의 문 뒤편에서 분명 상상도 못 할 끔찍하고 더러운 일들이 벌어지고 있으리라고 생각했다. 그런 이유에서 복도의 고요함은 더욱 무섭게 다가왔다. 이사벨은 이런 생각을 하면서도 마음을 다잡았다.

'너는 단지 배달부일 뿐이야, 이사벨.'

생각보다 어렵지 않게 이사벨은 131호에 도착했다. 문에는 커다란 황금 손잡이와 객실 번호가 붙어 있었고, 여기저기 먼지가 끼어 있었다. 복도의 얼룩이나 이런 먼지 같은 사소한 점들이 눈에 들어오자 호텔이 낡고 쇠퇴한 곳이라는 사실이 실감 났다. 이사벨은 손에 쥔 작은 가방을 열고 작은 비닐봉지를 꺼냈다. 봉지 안에 무엇이 들었는지는 그녀가 알아서는 안 됐다. 이 봉지를 전달하기만 하면 일은 끝이었다. 이사벨은 마른침을 꿀꺽 삼킨 다음, 주먹을 쥔 손으로 문을 약하게 두드렸다. 그리고는 고용주가 알려준 암호를 말했다.

"우유 배달 왔습니다!"

이사벨은 봉지 안에 든 것이 우유가 아닐 것임을 직감하고 있었지만, 그것은 중요하지 않았다. 곧, 객실 안쪽에서 인기척이 들리더니 문이 열렸다.

문을 열고 나타난 여자는 굉장히 초췌한 몰골을 하고 있었다. 정리되지 않은 긴 머리카락은 여자의 등과 어깨를 타고 흘러내렸으며, 피부와 입술은 생기가 없이 밋밋한 회색빛이 돌았다. 여자는 군데군데가 찢어진 청바지를 입고 있었으며, 낡고 해진 상의 사이로는 피부 그리고 혈관이 비쳤다. 이사벨을 바라보는 눈은 짙은 파란색이었지만 초점을 간신히 유지하고 있는 듯했다. 무엇보다 눈에 띄는 점은 여자의 목과 팔, 드러난 다리와 몸을 감싸고 있는 문신이었다. 언뜻 동물 같은 것을 그린 것으로 보였으나, 이사벨은 곧 그것이 꽃 문신임을 알아차렸다. 문신들은 또렷하고 생생한 색을 가지고 있었으며, 시체와도 같은 여자의 피부와는 대조를 이루었다. 꽃 문신의 줄기 부분은 연한 녹색을 띠었으며, 커다란 꽃잎 부분들은 보라색을 띠었다.

이는 영락없는 중독자의 모습이었다. 이사벨은 짧은 순간에 여자의 모습을 훑고 머릿속으로 그러한 결론을 내렸다. 자신이 들고 있는 봉지에 든 것은 약물임이 분명했다. 이사벨은 이런 추론을 하는 동시에, 팔을 내밀어 여자에게 비닐봉지를 건넸다. 여자는 그것으로 시선을 돌리더니, 봉지를 낚아채고는 다시 객실 안으로 들어갔다. 곧 문이 잠기는 금속 소리가 들렸다.

이사벨은 말없이 순식간에 거래가 끝나자 어안이 벙벙했다. 이렇게 간단하고, 심지어는 허무하기까지 한 일 때문에 그토록 긴장을 한 것인가? 이사벨은 131호에서 시선을 떼지 않고 있다가, 다시 몸을 돌려 왔던 길을 걷기 시작했다. 다시 엘리베이터로 향하는 이사벨의 발걸음은 점점 빨라지기 시작했다. 이후 이사벨은 다시 엘리베이터를 타고 내려가는 동안에도, 그 짧은 거래의 순간을 머릿속으로 계속 되감았다. 여자의 초췌한 외모와 피부, 그리고 그와 대비되는 생생한 꽃 문신이 잊히지 않았다. 자신은 중독자에게 약물을 배달한 것이라고 이사벨은 확신을 하고 있었지만, 진짜 약물이었는지는 중요하지 않았다.

 엘리베이터가 1층에 도착하고 이사벨이 다시 로비로 나왔을 때에도, 카운터의 남자는 똑같은 자세로 화면만을 보고 있었다. 이사벨은 그에게 말을 걸거나 인식하지 않고 조용히 로비를 가로질러 나갔다. 이사벨이 호텔 밖으로 다시 나왔을 때, 노을의 붉은빛과 하늘의 푸른빛은 완전히 사라지고 주변은 어두워져 있었다. 이사벨은 호텔로 택시를 부르는 대신, 호텔에서 나와 조금 걷다가 도로에서 택시를 부를 예정이었다. 임무를 끝내고 집으로 갈 생각을 하니 홀가분한 마음이 들었다.

 호텔을 나와 걷던 이사벨의 주머니에서 진동이 울렸다. 이사벨은 바로 주머니에서 휴대전화를 꺼내 들었다. 일이 끝난 이후 약속된 금액 지불이 예상보다 훨씬 빨리 이루어진 것이었다. 휴대폰을 열고 메시지를 확인한 이사벨은 그 자리에 얼어붙은 듯 멈춰 섰다. 메시지를 통해 전송된 금액은 약속된 금액의 세 배나 되는 거액이었다. 이사벨은 예상치 못한 상황이 놀라우면서도 너무나도 기뻤다. 지금 당장 소리를 지르거나 뛰고 싶은 마음이었다. 이사벨은 휴대전화에서 시선을 돌리고 자신의 뒤로 호텔을 바라보았다. 얼마 전까지만 해도 낡아빠지고 시시한 것처럼 보였던 호텔이 다르게 느껴지기 시작했다. 이후 이사벨은 다시 길을 걸으면서도, 자신이 바빌론 호텔을 방문하는 것은 이번이 마지막이 아닐 거라는 막연한 감정을 느꼈다.

제3장

배달부에게서 물건을 받은 미나는 곧바로 문을 닫았다. 잠금장치까지 걸어 잠근 미나는 청바지의 뒷주머니에서 휴대폰을 꺼내 들었다. 비닐봉지를 팔에 걸고서는 휴대폰으로 무언가를 적기 시작했다.

물건 받았어요.

설계자에게 보내는 문자였다. 미나가 문자를 보낸 지 얼마 되지 않아 설계자로부터 '확인'이라는 답장이 왔다. 마치 휴대폰만 붙들고 미나의 문자만을 기다리고 있었던 것 같았다. 하지만 미나의 일은 단순히 봉지를 받는 것이 아니었다. 비닐봉지의 내용물은 미나가 해야 하는 일에서 필수적인 물품이었다. 미나는 휴대폰을 객실 중앙의 거실로 가져갔다. 그리고는 휴대폰을 던지듯 침대 위에 올려놓고서 어두운 거실 내부를 바라보았다. 불이 꺼진 데다 커튼까지 쳐진 거실에는 작은 촛

불 하나만이 빛을 발하고 있었다.

　부도덕하고 상스러운 것들이 가득한 이 호텔에서, 은은하고 달콤한 분위기가 감도는 객실은 이곳 하나뿐이었을 것이다. 하지만 미나에게 지금은 이렇게 감상에 젖어 있을 때가 아니었다. 미나는 거실을 마지막으로 바라보고는 등을 돌려 욕실로 향했다. 짧은 거리를 걷는 동안에도 초췌한 몰골의 미나는 몸에서 힘을 짜내고 있었다. 욕실의 닫힌 문 아래로는 불빛이 스며 나오고 있었다. 미나가 문을 열고 들어선 욕실은 깔끔하고 고급스러운 곳이었다. 거실과 마찬가지로 양초 하나가 욕실을 밝히고 있었으며, 밝다는 느낌이 드는 곳은 아니었다. 욕실 가장자리에 위치한 욕조에는 이미 따뜻한 물이 채워져 김이 모락모락 피어오르고 있었고, 옆에는 세면도구 외에 접시와 유리병 등 잡동사니가 놓여 있었다.

　미나는 비닐봉지에 손을 집어넣어 그 안에 들어있던 작은 종이 봉투를 꺼내 들었다. 종이 봉투를 뜯고 내용물을 손 위에 털어놓으니 손 위에는 작고 하얀 물체 다섯 개가 놓여 있었다. 그것들은 마치 작은 알약과도 같은 모양과 크기였다. 미나는 비닐과 종이 봉투를 바닥에 버리고는 욕조로 다가갔다. 그리고 욕조의 뜨거운 물 안으로 알약들을 떨어트렸다. 그것들이 물 위에 떨어지자, 곧 물은 마치 색소를 탄 듯 뿌옇게 변하기 시작했다. 마치 구름이 하늘을 가리듯이, 안개가 숲과 도시를 집어삼키듯이 욕조 물은 하얀색과 회색이 섞인 색깔로 점점 변해 갔다.

 단계는 문제없이 척척 진행되고 있었다. 미나는 욕조에 들어가기 위해 옷을 벗기 시작했다. 청바지와 상의를 벗어젖히고 속옷 차림이 된 미나의 몸은 온통 문신으로 덮여 있었다. 그녀의 팔과 다리를 휘감은 줄기와 꽃잎의 문신은 그녀의 배에서 시작되어 돌고 돌아 다시 배에서 만나는 듯했으며, 그녀의 가슴을 포함한 온몸을 뒤덮은 듯했다. 미나가 준비를 하는 동안 어느새 알약들은 완전히 녹았으며 욕조에는 더 이상 거품이나 기포가 올라오지 않았다. 욕조 물은 마치 짙은 우유와도 같았다.

 이런 욕조를 확인한 미나는 남아 있던 옷들을 마저 벗었다. 알몸이 된 그녀는 천천히 욕조에 몸을 담그기 시작했다. 다리부터 팔, 하반신, 그리고 상반신까지 모두 물에 잠겼고, 미나는 욕조에 들어가 머리만을 내놓은 상태가 되었다. 하얀 물은 그녀의 몸을 감싸며 따뜻하게 쓰다듬는 것 같았다. 미나는 욕조가 마치 침대인 양 위쪽을 바라보고 드러누웠다. 욕조에 꽤 오랫동안 있어야 했기에 그녀는 눈을 감고 잠을 청했다. 최근 몇 주는 극도로 힘들고 기가 빨리는 시기였기에 잠드는 것은 어렵지 않았다. 시끄럽고 눈부신 전등이 아닌 은은한 양초의 빛이 미나의 볼과 맞닿았으며, 방음이 잘 되는 호텔 욕실의 벽은 이곳을 미나만의 작은 휴식처로 만들어 주었다. 이렇게 미나는 서서히 잠에 빠져들었다.

시간이 얼마나 흘렀을까,

미나는 갑작스럽게 꿈에서 깨어나듯 눈을 떴다. 실제로 꿈을 꾸었는지는 기억나지 않았지만 그것은 중요하지 않았다. 미나의 얼굴에는 땀인지 욕조의 물인지 구분이 가지 않는 물방울들이 맺혀 있었으며, 무엇보다 그녀의 피부와 입술, 그리고 눈에는 다시 생기가 돌았다. 미나의 몸은 개운했고, 지난 몇 주 동안 쇠사슬을 매고 다니던 듯한 불편함과 괴로움은 완전히 사라져 있었다. 일이 제대로 완성되었다는 의미였다.

미나는 곧바로 상체를 들어 올려 자신이 누운 욕조를 바라보았다. 욕조는 초록색 줄기와 보라색 꽃잎들로 가득 차 있었다. 미소를 지으며 미나는 자리에서 일어나 잎과 줄기를 들어 올렸다. 미나의 머리에서 허리까지 이어지는 굵고 기다란 줄기에는 커다랗고 생기가 도는 꽃잎들이 나 있었다. 물에서 나온 미나의 몸에는 문신들이 완전히 사라져 있었으며, 피부는 곱고 매끈했다.

미나가 손에 들고 있는 보라색 꽃은 설계자의 작품이었다.

설계자가 알 수 없는 기술을 이용해 만들어낸 새로운 품종이라는 소문이 있었고, 사람의 피부에서 자라는 오래전에 멸종한 꽃을 재생하고 변종 시킨 것이라는 소문도 있었다. 진실이 무엇이었든 간에 이 꽃은 지난 몇 주 동안 미나의 문신으로서 그녀의 에너지와 생기를 먹고 자라난 꽃이었다. 꽃이 탄생하는 데에는 인간의 피부에 새겨진 후 그 생명을 빨아먹는 과정, 그리고 하얀 알약을 탄 물로 벗겨내는 과정이 필수적이었던 것이다.

미나는 수건으로 몸을 닦으면서 꽃을 유리병에 담았다. 꽃의 중요성은 너무나도 컸기에 미나는 조심스러웠다. 꽃이 정확히 어느 용도로 쓰이는지는 알지 못했지만, 불치병을 치료하고 사람의 수명을 늘린다는 말부터 부자들의 오락용 약물로 쓰인다는 말까지 몹시 다양했다. 허나 이 값진 꽃은 미나에게는 그림의 떡과도 같았다. 보라색 꽃을 사고팔고 이용하는 설계자의 입장에서 미나는 단지 과정의 일부, 커다란 기계의 부품일 뿐이었다. 꽃을 몸에 품는 일에 대한 보상은 거액의 돈으로 이루어졌으며, 미나와 같은 이들은 꽃을 이용하거나 받을 수 없었다. 만약 꽃을 몰래 이용하거나 훔칠 경우 설계자나 그와 연관된 단체들에게 뒤쫓기거나 죽임을 당할 수도 있었다.

꽃에는 50개의 꽃잎이 있었는데, 이런 모습 때문인지 50가지의 효능을 가진 꽃이라는 설도 있었다. 미나는 모든 꽃잎들이 제대로 달려 있는지, 아직 자신의 피부에 문신으로 남아 있거나 뜯긴 꽃잎은 없는지를 확인했다. 만약 꽃잎 수가 맞지 않는다면 미나는 꽃잎을 훼손하고 훔친 사람이라는 의심을 받게 될 것이었다. 다행히도 꽃에는 50개의 보라색 꽃잎이 모두 달려 있었다.

다시 옷을 갖춰 입은 미나는 꽃병을 들고 욕실을 나왔다. 죽어가는 사람과도 같던 미나는 그 어느 때보다도 아름답고 강인한 모습을 하고 있었다. 꽃이 담긴 유리병을 침대 옆에 가만히 놓은 미나는 침대 위에 놓인 휴대폰을 다시 집어 들었다. 그녀는 휴대폰의 사진 기능으로 꽃의 모습을 찍은 다음 문자와 함께 설계자에게 전송했다.

완료했어요.

미나가 문자를 전송하고 잠시 후 설계자가 답장을 했다.

정말 수고했어요. 곧 거기로 사람을 보낼 테니 꽃 잘 간수하고 있어요. 그리고 이건 약속한 금액의 절반. 나머지는 꽃 회수하고 나서 전송할게요.

메시지와 함께 계좌로 금액이 전송되었다는 알림도 와 있었다. 미나는 침대에 앉아 기쁨의 숨을 내쉬었다. 꽃까지 내주고 돈을 다 받는다면 자신을 옭아매던 돈 문제를 해결할 수 있었다. 부모님의 병원비를 낼 수 있을 것이고, 쌓여온 집채만 한

빚을 어느 정도 갚을 수 있을 것이었다. 미나는 몸이 나아진 데 이어 마음을 누르던 짐을 덜어낸 기분이 들어 좋았다. 하지만 자신을 옭아매던 밧줄과도 같은 상황이 완전히 풀린 것은 아니었다. 많은 금액을 갚을 수 있게 되었지만 빚을 완전히 청산하려면 아직도 적지 않은 돈이 필요했다. 못 갚을 금액은 아니지만 여전히 어느 정도 시간이 필요할 것이었다.

무엇보다 미나의 마음속 깊은 곳에 담긴 꿈을 이루기 위해서는 더욱 많은 돈이 필요했다. 미나는 도시를 그다지 좋아한 적이 없었다. 자동차의 소음, 밤낮으로 눈을 부시게 하는 인공적인 불빛들, 그리고 콘크리트로 지어진 집과 사회에서 느껴지는 차가움까지. 그녀는 기회가 된다면 머리와 마음을 아프게 하는 도시를 떠나 더욱 편안한 외곽 지역 혹은 시골에 집을 마련할 생각을 하고 있었다. 허나 그것은 헛된 생각이었을 뿐, 평소 미나의 상황으로는 결코 이룰 수 없는 꿈이었다.

설계자와 일을 하면서 미나는 평생 보지도 못한 큰돈을 얻게 되었다. 하지만 몸에 문신을 새기고 꽃을 탄생시키는 작업은 사실 수명을 야금야금 깎아먹는 일이었다. 꽃을 몸에서 떼어내고 가까스로 피부와 몸 상태를 다시 회복하더라도 말이다. 이 과정을 두세 번 이상 거칠 경우 회복이 불가능할 정도로 몸이 완전히 망가지고 죽음에 이를 수 있다는 말을 미나는 들었다. 그뿐만 아니라, 더 많은 돈에 눈이 멀고 중독되어 결국 돌아올 수 없는 길을 걷게 된 사람들에 대한 이야기도 설계자를 찾는 과정에서 수도 없이 들었다.

 이번 일을 마무리하고 돈을 얻은 환호도 잠시, 미나의 마음은 마치 롤러코스터처럼 우울과 걱정의 구렁텅이로 곤두박질쳤다. 나중에 꽃을 찾으러 온 이들이 나머지 금액을 주면 다시 기분이 좋아질까? 받은 돈을 사용하고 삶에 송송 난 구멍들을 조금씩이라도 메꾸면 행복해질까? 이런 생각들이 미나의 머릿속에 머물러 있었다. 미나는 휴대폰을 집어 들어 부모님에게 문자를 하기 시작했다. 병원비를 지불할 수 있을 것 같다는, 열심히 일해서 돈을 벌었다는 내용의 문자였다.
 하지만 미나는 문자를 다 작성하고 나서도 전송을 하지 못하고 머뭇거렸다. 결국 미나는 문자를 취소하고 휴대폰을 다시 침대 위로 던졌다. 미나의 부모님은 의심이 많은 성격은 아니었지만, 그래도 갑자기 큰 병원비를 어떻게 지불할 수 있었는지 캐물을 것이 뻔했다. 미나는 부모님께는 나중에 차근차근 소식을 알리는 것이 나쁘지 않을 것 같다고 생각했다. 물론 돈을 어떻게 얻었는지는 비밀로 하고 말이다.

 미나는 침대에서 일어나 욕실로 향했다. 이쯤 되면 물에 섞인 하얀 약 성분은 다 증발하고 소멸해 있을 것이었다. 욕조에 들어가 꺼두었던 전구를 켜니, 욕실 안이 환하게 보였다. 세면도구와 바닥의 물기는 그대로 있었으며, 예상대로 욕조 안에는 약이 사라진 깨끗한 물만이 남아 있었다. 사람들이 꽃을 받으러 오기 전 정리를 해야겠다고 생각한 미나는 물을 빼기 위해 욕조로 다가갔다. 그런데 미나가 들여다본 욕조 안에는 뜻밖의 무언가가 있었다.

투명한 물 아래, 욕조의 바닥에 검은 점과 같은 무언가가 있었다. 미나는 마치 그것에 자석처럼 이끌리듯, 서서히 손을 욕조 안으로 집어 넣었다. 검은 무언가를 물속에서 꺼낸 미나는 그것이 무엇인지를 곧바로 알 수 없었으나, 그것을 만지고 느끼는 순간 그녀의 머릿속에 하나의 생각이 스쳤다.

'이것은 혹시 꽃의 씨앗인가?'

그것은 언뜻 보면 검은색을 띠는 것 같았지만, 밝은 불빛에 비추어 자세히 살펴보면 연한 보랏빛을 띠고 있었다. 그것의 촉감 그리고 생김새는 다른 식물의 씨앗과도 너무나 닮아 있었다.

미나는 설계자, 문신, 꽃에 대한 수많은 소문과 설명들을 들었지만 씨앗에 대해서 들은 것은 단 한 가지뿐이었다. 꽃의 씨앗은 인간 없이도 자연스레 자랄 수 있다고. 다른 식물들과 똑같이 자랄 수 있다는 것 말이다. 이 씨앗이 발견될 확률은 수천 분의 일 정도라고 했다.

만약 이것이 정말로 보라 꽃의 씨앗이라면 그녀는 엄청난 행운에 걸린 것이었다. 머뭇거리던 미나는 씨앗을 재빨리 주머니 안에 집어넣었다. 그리고는 욕조의 마개를 뽑아 물을 깨끗하게 흘려보냈다. 예상치 못한 씨앗이 나온 만큼 미나는 당황스러웠지만, 다른 사람에게 특히 설계자나 꽃을 가지러 오는 그의 부하에게 씨앗의 존재를 알려서는 안 된다는 무언의 느낌이 들었다.

욕실의 물기를 닦은 미나는 다시 거실로 나와 침대에 앉았다. 어느새 밤이 지나고 아침이 찾아왔는지, 커튼과 창밖 사이로 햇빛이 스며들고 있었다. 미나는 주머니에 손을 집어넣어 작은 씨앗을 어루만졌다. 만약 미나가 스스로 이 씨앗을 재배하고 꽃을 키울 수 있다면 꽃은 미나의 것이 될 것이고, 자연스레 미나는 중요한 물건을 가진 셈이 될 것이었다. 이 미스터리한 씨앗만 있다면 빚을 완전히 갚고, 도시를 떠나 집을 마련할 수 있는 돈을 얻을 수 있었다. 이런 와중에, 미나의 마음 깊은 곳에는 의문 하나가 피어올랐다.

나는 옳은 선택을 하고 있는가?

그것은 역시 미나가 스스로 알아내야 할 질문이었다.

그날 밤, 씨앗을 들키지 않고 꽃 거래를 성공한 미나는 호텔을 떠나 어딘가로 향했다. 그녀는 도시에서 멀리 떨어진, 자신이 향할 수 있는 가장 먼 쪽의 숲으로 들어갔다. 숲 깊숙이 들어선 미나는 작은 소나무 옆에 펼쳐진 작은 공터에 씨앗을 묻었다. 흙이 신선했을 뿐 아니라 비가 온다면 물을 받기에 딱 좋은 장소였다. 얼굴에 흥분과 기대, 그리고 조심이 깃든 미소를 지은 미나는 챙겨 온 병으로 씨앗에 물을 주었다. 물을 준 후 땅에 조심히 엎드려, 자신이 씨앗을 묻은 곳에 입을 맞추었다.

이 순간에, 미나에게 보라색 씨앗은 단순히 더 나은 삶을 위한 도구나 자산이 아니었다. 미나는 씨앗에게서 마치 친구와도 같은, 자식과도 같은 복잡미묘한 감정을 느꼈다. 이 씨앗은 하나의 식물로 자라날 하나의 생명이었다. 이상했지만 마치 자신이 낳은 아이와도 같았다. 그런 씨앗을 이제는 키워내야만 했다. 사랑으로 묻힌 씨앗이 있는 곳을 마지막으로 바라본 미나는 숲을 떠나갔다. 이렇게 미나의 인생에서 새로운 장이 열렸다.

자작나무 숲에 피어난 보라 꽃

김효정

글쓰기를 좋아합니다.

영남신학대학교 기독교교육학과 4학년 재학,
교육전도사입니다.

> 주인공 '슬기'는 낯선 대학 수업을 듣던 중 태이 교수를 만나 그가 내는 문제를 추리하게 된다. 자작나무 숲에 피어난 보라 꽃은 왜 홀로 피어났을까, 그리고 그 꽃의 이름과 꽃말은 과연 무엇일까?

1. 홀로서기

"다녀오겠습니다."

이 말을 하고 뒤를 돌아봤지만 아무도 없었다. 내가 자취를 시작한 지 딱 1주일. 아직 너무나 어색한 공기의 자취방과 나는 서로를 낯설어하고 있다. 이 공간이 내가 앞으로 살아갈 방이다. 아담하게, 직사각형의 공간이 하나 있고, 부엌과 욕실과 베란다가 작게 놓여 있다. 두렵지만 설레는 맘으로 온 이곳은 나를 맞이하기에는 너무 차가운 공기가 흐른다. 어쩌면 내가 아직 들어갈 준비가 되지 않았을지도 모른다.

"한슬기, 졸업을 축하한다."

멋쩍게 웃어 보이는 나와 그런 딸을 자랑스럽게 여기는 엄마, 아빠. 나의 마음은 언제까지나 고등학생이고 싶었다. 어느덧 스무 살을 맞이한 나는 이제는 어린 청소년 티를 벗고 나라는 틀을 깨고 나와야 했다. 무작정 엄마와 아빠에게 자취를 하게 해달라고 졸랐다. 왜냐하면 지금의 내 모습이 너무 마음에 들지 않아서였다. 거울을 보면 축 처져 있는 모습, 무엇인가가 마음에 안 드는 듯이 왠지 구겨진 인상, 떨떠름하게 거울 속의 나와 눈을 맞춰보면 매섭게 노려보는 거울 속의 내가 있다. 난 달라지고 싶었다. 이대로 살고 싶지 않았다. 어른이 되어서도 고등학생 때와 똑같이 우울한 인생을 살고 싶지 않았다. 언제까지나 부모님 밑에서 부모님이 해주시는 밥을 먹으며 살고 싶지는 않았다. 스무 살이 된 나의 다짐은 엄마와 아빠도 꺾을 수 없었다.

그렇게 해서 얻어낸 작은 방…. 다음 달 월세부터 이제 내가 내야 한다. 왠지 얼굴에 그늘이 진다. 일주일동안 내가 얼마나 자취에 대한 로망이 있었는지 알게 되었고, 부모님이 보고 싶어서 다시 집으로 돌아가고 싶을 때가 한두 번이 아니었다. 하지만 나는 결심했다. 홀로 서기로. 비록 지금은 부모님이 보고 싶어 눈시울이 붉어지지만, 이제부터가 내 인생을 다르게 살 기회라고 생각했다.

김효정

주말에는 아이들을 찾아가 가르치는 학습지 교사 자리를 찾았다. 일주일은 혹독한 훈련이었다. 현실은 그야말로 차가웠다. 스스로 누구의 도움도 없이 혼자 밥을 해 먹고 혼자 청소를 하고 혼자 산책을 해야 했다. 저녁이 되면 눈물이 날 것 같았고, 혼자 외롭게 지쳐 잠이 드는 밤이었다. 하지만 돌아가고 싶다가도 '한슬기'라는 이름의 나의 성장을 생각하면 돌아가고 싶지 않았다. 후회되지 않았다.

오늘은 대학교 첫날이었다. 지금까지와는 다르게 당당한 태도로 앞으로 학교에 다니고 싶었다. 현관문을 닫고 나서는 나는 두꺼운 플리스에 얼굴을 파묻고 터벅터벅 걸어갔다.

'친구는 어떻게 사귀지?'

모든 것이 새로운 현실을 앞에 두고 걱정이 앞섰다. 잠시 주머니에서 휴대폰을 꺼내서 얼굴을 봤다. 정성 들여 그린 갈색 아이라인은 그새 번져있었다.

'정말 나 잘할 수 있을까!'

대학교에 점점 가까이 갈수록 사람이 많아졌다.

"신입생 오리엔테이션은 이쪽입니다~"

이곳저곳 사람들의 틈 속에서 기웃거리다가 작은 소강당으로 들어갔다.

"유아교육과 신입생입니다."

조금은 당찬 목소리로 말했다. 환하게 맞이하는 훤칠한 모습의 남자 선배와 눈을 마주쳤을 때, 나는 꼬리가 살짝 번진 아이라이너를 수정하지 않은 것을 후회했다. 왜냐하면 소강당에 가는 길까지 예쁘게 화장한 수많은 여학생들을 봐왔기 때문에 나는 내 몰골을 숨기고 싶었다. 내가 주인공인 입학식 날임에도 불구하고 나는 지나가는 엑스트라 역할을 맡아야 할 것 같았다. 다행히 소강당 자리에 앉자마자 옆에 앉은 여학생이 필기구를 빌려달라고 말을 걸었다. 그 여학생은 피부가 좋고, 성격도 서글서글해 보였다. 어떻게든 친하게 지내고 싶은 마음이 들었다. 필통에서 볼펜을 꺼내서 주려는 순간, 여학생의 옆에 있던 학생이 볼펜을 먼저 빌려주었다. 나는 사실 한 개밖에 없는 볼펜을 빌려주려던 참이었으니 차라리 잘됐다고, 속으로 생각하고 말았다.

유아교육과 오리엔테이션은 간단하게 끝났다. 나는 중간중간마다 아까 그 여학생과 담소를 나누며 질문을 했고, 이름이 소영이라는 것도 알게 되었다. 소영이 덕분에 오리엔테이션이 즐거웠다. 이대로라면 대학 생활이 그리 힘겹지는 않을 것 같았다. 결국 다 같은 사람들이 모이는 곳인데 내가 너무 철장으로 둘러싸인 수용소에 가는 비장함으로 학교를 왔나 하는 생각도 들었다. 하지만 곧 나는 고등학교와 대학교는 다르다는 것을 체감했다. 수강신청을 각자 알아서 하고, 각자가 듣는 과목에 따라 스케줄을 짜면서 개인플레이를 하는 상황이었다. 대학교가 본가와 같은 지역이라 기숙사에 떨어진 나는 기숙사 룸메이트와 노닥거리며 지낼 수도 없었다. 공허했다. 공허함 그 자체. 누가 나를 바라봐달라고, 힘들다고 외치고 싶어도 각자가 자신의 수업을 듣고, 공부를 하며, 스펙을 준비하기에 바빴다. 그 사람들 틈 속에서 나는 점점 작아졌다. 그러다가 내가 만난 지도교수는 바로 태이 교수였다.

2. 태이 교수

태이 교수는 스물 중후반의 나이처럼 젊어 보였기에 나이를 예측할 수 없었다. 새하얀 피부에 까만 머리. 짧게 커트한 머리는 그를 더 생기있게 만들었다. 안경을 끼지 않은 얼굴에 눈동자는 검은색이었다. 하늘색 셔츠 위 붉은색, 흰색, 네이비색 사선이 그어진 넥타이가 포인트였다. 손목에는 나무 느낌이 나는 동그란 시계를 차고 있었다. 태이 교수는 조용하고 신비로운 분위기를 풍겼다. 맨 처음 나와 마주쳤던 순간은 하필이면 수업에 늦을까 봐 복도를 뛰어가던 상태였다. 인사를 꾸벅 하고는 뒷문으로 달려가 교실에 들어가서 호흡을 가다듬었다. 그때 앞문으로 태이 교수가 들어왔다. 단정하게 살짝 세운 머리는 오히려 자연스러워 보일만큼 태이 교수는 깔끔한 이미지였다. 중저음으로 학생들에게 인사를 하며 '태이'라고 화이트보드에 이름을 적었다. 그리고는 싱긋 웃는 듯한 표정으로 뒤돌아 모두를 둘러보았다. 그때 나는 간신히 앞머리를 정리한 채로 앞을 바라봤는데 태이 교수가 나를 보는 듯하면서도 모두를 둘러보았다. 나는 그렇게 존재감 있는 편이 아니었으므로, 교수의 눈에 띄지 않는다는 건 대수롭지 않은 일이었다. 성큼성큼 태이 교수가 내 옆을 지나가도 나는 크게 신경 쓰지 않았다. 정말, 그렇게 아무런 사이가 아닐 줄 알았다. 자취한 지 이 주째, 대학교에 입학한 지 일주일이 되었을 때, 나는 근심 가득한 표정으로 지도교수인 태이 교수를 찾았다.

"교수님, 도와주세요."

태이 교수는 그렇게 놀라지는 않았다. 내가 누군지 모르는 표정은 아니었다. 하지만 내가 왜 왔는지 아는 표정도 아니었다.

"무슨 일이니?"

태이 교수는 자리를 끌어 내가 앉을 곳을 마련해줬지만 나는 대답을 하기 힘들었다. 대학생활 일주일간 유아교육과를 다니며 여학우들과 얽히고설킨 복잡한 관계에 대해 태이 교수에게 털어놓기에는 아무리 이 사람이 젊고 유식하다 한들 내가 말하고 싶은 마음이 없었다.

"학교생활이 너무 재미없어요."

적당히 고민을 털어놓았다. 그러자 태이 교수가 말했다.

"내가 너를 어떻게 도와주면 좋겠니?"

깔끔한 인상의 태이 교수는 아주 날렵하진 않지만 솟아있는 콧대가 돋보였다.

"학교 수업도, 친구도, 저도, 마음에 들지 않아요. 뭔가 잘못된 것 같아요. 제가 잘 온 게 맞을까요?"

나는 되레 질문을 던졌다. 태이 교수는 곰곰이 생각했다.

"슬기 학생, 이 학교에 왜 왔니?"

나는 답답한 심정으로 말했다.

"인생을 새롭게 시작하고 싶어서요."

그러자 태이 교수가 말했다.

"내가 슬기에게 문제를 줄게. 일주일 동안 내가 내는 문제를 맞혀보렴."

나는 교수실을 나왔다. 첫 번째 문제는 학교 도서관의 책 중 아무도 읽어보지 않은 책을 찾아내는 일이었다. 수많은 책들 속에서 아무도 읽어보지 않은 책을 찾는 일은 쉬운 일이 아니었다. 그렇지만 태이 교수가 그런 문제를 낸 이유는 내가 찾아낼 수 있기 때문이라고 생각했다. 나는 아주 두꺼운 책을 위주로 책꽂이를 훑어보았다. 아주 두꺼운 전문서적이라면 아무도 읽어보지 않았을 것이었다. 하지만 도저히 어떻게 알아내야 할지 감이 잡히지 않았다. 사서 선생님께 가서 아무도 읽지 않은 책을 찾아달라고 할 수도 없는 노릇이었다.

나는 결국 작은 책 한 권을 골랐다. 다음 날 나는 교수실에 찾아갔다. 태이 교수는 따뜻한 김이 모락모락 피어나는 차 한 잔을 마시고 있었다. 나는 두 손으로 태이 교수에게 작은 책 한 권을 내밀었다.

"찾았니?"

"네."

태이 교수는 내가 내민 책을 들어서 보았다.

"이 책이 아무도 읽지 않은 책이라고 생각한 이유가 뭐지?"

그 책은 색이 바래있었고 조금만 거칠게 다뤄도 너덜너덜해질 것 같은 얇은 표지였다. 내가 대답했다.

"이 책의 제목은 '놀이지도'예요. 이 책을 거꾸로 들면 '룩(look;보다)'이라는 글자가 나와요. 아무도 거꾸로 그 책을 읽지는 않았을 거예요. 도서관에 책을 들이면서 누군가가 한 번이라도 책을 읽어봤다면 그 책은 읽힌 거예요. 하지만 과연 거꾸로 책을 읽은 사람이 있을까요?"

태이 교수가 웃으며 말했다.

"그래서 내 책을 가지고 온 거니?"

그 책은 태이 교수가 공동 집필한 책이었다.

"네."

"땡! 틀렸어."

나는 다시 도서관으로 가야 했다. 다음 날 다른 책을 가지고 서둘러 태이 교수에게로 갔다.

"분명해요."

내가 자신감 있게 내민 책은 제목이 적혀있지 않았다. 오로지 그림만 있었다. 그림만 있고 글이 없으니 책을 읽을 수가 없을 것이다. 태이 교수가 말했다.

"그림책도 읽을 수 있단다."

나는 오로지 문제 푸는 것에 집중했다. 그때 마침 사서 선생님이 종이에 체크를 하고 계셨다. 나는 망설이다가 사서 선생님께 다가갔다.

"뭐 하고 계세요?"

"응, 책을 누가 빌렸다가 반납한 표시를 하고 있단다."

나는 다시 태이 교수에게 갔다.

"아무도 읽지 않은 책은 바로 교수님께 있어요. 교수님이 처음으로 빌린 책을 아직 반납하지 않았다면 아무도 그 책을 읽을 수 없어요."

태이 교수가 진지하게 나를 쳐다봤다.

"비슷해."

태이 교수는 자신이 이 학교를 다녔다는 얘기를 해주었다. 23살이었던 태이는 당시 사서 도우미로 일을 했었다고 했다. 그러던 어느 날 신간도서가 들어와 도서 정리를 하다 불량 책을 발견했다. 내용이 거꾸로 인쇄가 되어서 책 표지와는 반대로 글자가 뒤집혀서 적혀있었던 것이다. 태이는 사서 선생님께 그 책을 보여드렸고, 사서 선생님은 곧바로 새로 똑같은 책을 주문하셨다고 한다.

불량 책은 버릴 예정이었는데, 태이가 가져도 된다고 하셨다. 태이가 사서 선생님께 받아 읽은 책은 《셰익스피어의 4대 비극》이었다. 그리고 그 책은 교수실의 책장에 꽂혀있었다. 학교 이름이 적힌 도장이 찍혀있었고 분류번호와 바코드가 붙어 있었다.

"제가 거의 맞혔었네요."

내가 처음 답으로 제시했던 것과 거의 비슷하다고 생각했다.

"그래서 굉장히 놀랐어."

교수님의 23살 시절을 잘 떠올리기 힘들었지만, 이 학교가 모교라는 것이 신기했다.

"이번에는 두 번째 문제야. 셰익스피어의 《햄릿》에 나오는 오필리아는 영화 《오필리아》의 주인공이 되었어. 영화 마지막에 오필리아의 딸이 등장하지. 그 아이의 아버지는 누구일까?"

태이 교수의 질문에 나는 바로 대답했다.

"전 소설 햄릿도 읽지 않았고 영화 오필리아도 본 적 없어요."

태이 교수가 의연하게 질문했다.

"그렇다면 다른 문제를 줄게. 내가 사서 도우미로 일하면서 적은 쪽지가 있어. 붉은색 표지의 책에 끼워놨단다. 그 쪽지의 내용을 알아보렴."

"그게 아직까지 있을까요?"

내가 물었다. 그러자 태이 교수가 대답했다.

"한번 찾아 봐."

정말 무책임한 말이 아닐 수 없다. 그 이후 나는 궁시렁거리며 책을 뒤적거렸다.

'이렇게 해서 과연 찾을 수 있을까?'

붉은색이 보이면 달려가 책을 펼쳤다. 하지만 쪽지는 보이지 않았다.

'아직까지 쪽지가 남아있을 리 없잖아.'

그 순간 누군가가 책을 반납하러 왔고, 손에는 붉은색 표지의 책을 들고 있었다. 나는 서둘러 보던 책을 다시 꽂아두고 책꽂이 뒤에 숨어서 그 책을 바라봤다. 사서 도우미가 책을 본래 자리로 정리하자 잽싸게 그곳으로 가서 책을 빼 들었다. 책에는 쪽지가 있었다.

도서관 창문으로 밖을 내려다봤을 때 보이는
노란색 건물 3층에서 쪽지를 찾으시오.

창문 밖을 내려다보니 정말 노란색 건물이 있었다. 나는 노란색 건물로 달려가 3층까지 계단으로 올라갔다. 온몸에 땀이 났다. 3층은 휴게공간으로, 쉴 수 있는 푹신한 의자가 있었다. 그 옆에는 작은 책 다섯 권가량이 꽂혀있었다. 책을 들고 읽어보는데 쪽지가 나왔다.

학교의 104를 찾으시오.

3. 학교의 미스테리

"학교의 104?"
나는 강의실로 갔다. 하지만 104호는 보이지 않았다.
'이상하다. 101호, 102호, 103호, 그리고 105호?'

이렇게 1층에 4개의 강의실이 있었다. 104호가 빠져있었다. 2층에 올라갔더니 2층에는 204호가 있었다. 2층에 있는 4개의 강의실은 순서대로 번호가 매겨져 있었다. 그런데 왜 1층에는 104호가 아니라 105호가 있는지 이해할 수 없었다. 그런데 104를 찾으라니…. 104가 무엇인지는 더더욱 알 수 없었다. 104호는 없었기 때문이다. 104호 대신 105호가 있는 이유를 알아내면 104가 무엇인지 알 수 있을 것 같았다. 나는 소영이에게 왜 104호가 없는지 물어봤다.

"104호에 안 좋은 소문이 있어."

라고 소영이는 대답했다.

"예전에 한 학생이 104호실에서 죽었다는 소문이 있어. 그래서 104호 대신에 105호로 바꾼 거래."

나는 깜짝 놀라서 무서워졌다.

* * *

"하하, 아니야."

내가 이 얘기를 그대로 태이 교수에게 전해줬을 때 태이 교수는 웃으며 말했다.

"그런 거 아니란다."

나는 한숨을 돌렸다. 실제로 그런 상황이라면 학생에게 이런 문제를 낸 것이 나쁘게 느껴졌기 때문이다. 다행히 태이 교수는 전혀 근거 없는 소문이라고 말했다.

"104호 대신에 105호가 있는 이유는 104호가 다른 곳에 있기 때문이야."

태이 교수가 힌트를 줬다. 그래서 나는 그 말을 듣고 교정에서 104호를 찾아다녔다. 학교 지하실은 출입 금지였다.

'죄송합니다!'

나는 104호를 찾겠다는 집념 하에 지하실로 내려가려고 했다. 그때 쥐가 나타났다.

"으아악!"

나는 놀라서 쥐를 피해 서둘러 다시 지상으로 올라갔다. 그때 내 눈앞에는 이상한 장면이 펼쳐졌다. 분명히 지하실 계단 맞은편 복도에는 상담실이 있었는데 상담실 옆에 104호 강의실 문패가 있었다. 하지만 104호 강의실은 보이지 않았다. 왜냐하면 상담실 옆은 유리로 된 출입문이었고, 출입문과 상담실 바로 사이에 104호라는 문패가 있을 뿐이었다. 나는 뭔가 이상하다고 생각했다.

'왜 104호 문패가 여기에 있는 걸까?'

문패는 찾았지만 아직 미스테리가 풀리지 않았다. 나는 지쳐서 태이 교수에게 풀이 죽어 찾아갔다.

"104호 팻말은 찾았지만 104호 방은 찾지 못했어요."

"슬기야, 붉은 책의 제목이 무엇이니?"

"붉은 책의 제목은…."

알지 못했다.

"안을 들여다보면"

"아하!"

태이 교수가 제목을 알려주자 나는 104호가 어디 있는지 알아차렸다.

"상담실 안에 104호가 있군요!!"

태이 교수는 "맞아."라고 대답했다.

"같이 가볼래?"

태이 교수와 나는 조심스럽게 상담실 문을 두드려서 들어갔고, 안에는 상담사 선생님이 계셨다.

"실례합니다."

상담사 선생님의 허락을 맡고 우리는 작은 방에 들어갔다. 방은 아기자기하고 너무나 사랑스러운 분홍색 빛으로 꾸며져 있었다.

"때로는 즐겁게 웃어도 되고, 잠깐 쉬어가도 돼. 슬플 땐 울어도 돼. 그게 인생일지도 몰라. 바로 104호 강의실에 온 것처럼 말이야."

예쁜 인형들이 가득한 104호 강의실은 마치 다른 세상에 온 것 같은 느낌이 들었다. 아주 작은 방에 책상 하나, 의자 하나, 작은 칠판 하나가 끝이었지만 여기는 강의실이었다.

"여기서 무슨 강의를 하나요?"

"사실 여기는 문제 학생을 가르치기 위한 공간이었어. 그렇게 마련해둔 상담실 내부의 104호는 공포스러운 공간이라고 아이들 사이에 소문이 났지. 그래서 우리는 생각을 바꿨어. 지금은 쓰지 않은 지 오래되었지만 오히려 이렇게 포토존처럼 전시를 해두니 학생들이 상담실에 왔다가 안식을 취하고 가는 공간이 되었어. 비록 강의실이 제 구실을 못하는 것 같아도 여전히 여기는 104호 강의실이란다. 단지 쓰임이 바뀌었을 뿐이지. 104호 강의실이 이런 모습일 거라고는 전혀 상상도 못 했잖아? 어때, 이렇게 104호를 보고 나니까. 우리 학교가 꽤 정감이 가지 않니? 흉흉한 소문 때문에 104호가 정말 여기에 있다는 사실을 많은 학생들이 알지 못해. 안타까운 일이지. 104호는 너희들을 위해 있는 공간이야. 이 딱딱한 학교에 선물 같은 공간이라구."

"교수님은 23살 때 이미 알고 계셨어요?"

내가 물었다. 태이 교수는 칠판을 지우개로 한 번 쓱 닦아보더니

"이건 내가 건의한 거야. 상담실에 딱딱한 격리 공간을 만들기보다, 마음이 힘든 사람이 쉼을 얻을 수 있는 공간으로 만들

자고. 내가 왜 유아교육과 교수인지 알겠지?"

라고 말했다. 나는 끄덕였다.

"하지만, 아무것도 없는 딱딱한 공간이 더욱 좋을 수도 있는걸요."

내가 덧붙여 말했다.

"이 공간에 있는 동안 다른 사람의 눈치를 보지 않아도 돼. 하얀 벽지밖에 없는 작은 방에 갇혀서 수업을 듣는 학생이라면 여기에 오는 것이 마음이 편치 않을 거야. 이 대학교에 입학한 학생 중 정말 문제가 큰 학생이 얼마나 되겠니?"

나는 이해를 했다. 104호는 문제 학생을 격리하기 위한 조치로, 모욕적인 공간이었던 것이다. 하지만 따스한 인형으로 꾸며진 이 방에 있는 동안 벌을 받는 기분이 들지 않았다. 태이 교수는 학생에게 모욕감과 좌절감을 주는, 이 방에 온다는 사실 때문에 사회적으로도 고립되게 만들어버리는 104호실을 이렇게 바꾼 것이다. 104호실은 이제 문제 학생을 격리하기 위한 방이 아니었다. 다만 학생들의 쉼터가 되었다.

"나름 이런 공간 하나쯤 학교에 있는 것도 나쁘지 않잖아? 뭐, 슬기 네가 마음에 들지 않는다면 어쩔 수 없지만."

태이 교수와 나는 상담사 선생님께 인사를 드리고 다시 나왔다.

4. 보라 꽃

"마지막으로 문제를 내줄게."
나는 교수실에서 비스킷을 들고 냠냠 먹었다.
"네."
태이 교수의 마지막 문제는 바로 이것이었다.
"자작나무 숲에 보라 꽃이 피어났어. 그 보라 꽃이 왜 자작나무 숲에 홀로 피어났을까? 보라 꽃의 이름과 꽃말을 알아맞혀 보렴."

나는 일주일째 보라 꽃의 정체를 알지 못했다. 아니, 보라 꽃이 피어났다는 자작나무 숲이 어디에 있는 숲인지조차 알 수 없었다. 나는 자작나무를 검색해보았다.
"나무가 하얗잖아."
게다가 꽃말은 아름다웠다.
"당신을 기다립니다…."
나는 상상을 해보았다. 자작나무 숲에서 누군가를 기다리는 사람을… 그리고 다가온 누군가. 자작나무 숲에 피어난 작은 보라 꽃 같은 사람이었을 것이다. 그 사람은 자작나무 사이에서 외로웠을지도 모른다. 하지만 나는 그 사람을 기다려온 누군가가 반겨줬을 거라고 생각했다. 보라 꽃이 자작나무 숲에 혼자 피어났다고 해도 그 꽃은 외롭지 않았을 것이다. 오히려 자작나무를 만났기에 마음은 풍성하게 채워졌을 것이다. 자작나무 숲에 피어난 건 그 꽃의 의지와 상관없는 일이었을지도 모른다. 하지만 그 꽃은 자신의 의지로 꽃을 피워냈을 것이다.

"교수님, 저 왔어요."
"그래, 왔니?"
"제가 생각해 봤는데요…. 그 꽃은 팬지꽃이에요. 팬지꽃의 꽃말은… 나를 생각해 주세요."

태이 교수와 나는 눈을 마주치고 있었다. 여느 때처럼 스쳐 지나가던 첫날과는 달리. 아니, 첫날도 나는 먼저 복도에서 교수님과 인사를 나누지 않았는가? 태이 교수는 나에게 집중하고 있었다.

"그게 네가 원하는 말이구나."

태이 교수가 빙글 돌아서 찬장을 향했다.

"차 마실래?"
"네, 그런데 왜 자작나무 숲에 보라 꽃이 피어났어요?"
"자작나무의 꽃말은 '당신을 기다립니다.'라는 말이야. 너무 로맨틱하지 않니? 누군가를 기다리는 마음으로 흰 가지를 뻗고 있는 자작나무를 떠올려 봐. 그런데 보라 꽃은 그곳에서 너무 아름답게 피어나지만 뭔가 다르지. 자작나무가 기다렸기 때문에 보라 꽃이 그곳에 피어났지만 보라 꽃은 자작나무 숲에서는 너무나 다른 존재였던 거야. 하지만 말이야, 온통 하얗던 세상에 하나 둘 씩 점차 피어가는 보라 꽃으로 인해 자작나무들은 아름다운 보라 꽃과 함께 자라났어. 에로스와 프시케의 사랑 이야기를 알고 있니? 그 둘은 원래 이루어질 수 없는 관계였단다."

태이 교수는 에로스와 프시케의 신화를 이야기해 주었다. 에로스를 사랑한 프시케의 눈물이 흘러서 그곳에 도라지꽃이 피었다고 한다. 도라지꽃의 꽃말은 영원한 사랑이었다.

"제가 틀렸네요."

"아니, 그렇지 않아. 에로스와 프시케는 서로 연인으로서 사랑을 하고 결혼했지만 세상에는 언제나 그런 관계만 있는 건 아니지. 세상에 누군가가 너를 기다리고 또 생각해 준다면 그것만으로도 기쁜 일 아니겠니?"

태이 교수는 나에게 차를 내어주었다. 에로스와 프시케의 신화 이야기를 더 자세히 해주었다. 신화에 따르면 에로스는 인간이었던 프시케와 사랑에 빠지게 되고, 둘은 한동안 함께하며 사랑을 나누었다고 한다. 그러나 프시케는 언니들의 시샘 섞인 말에 흔들려 에로스의 정체를 의심하였고, 에로스는 자신을 의심하는 프시케를 떠난다. 에로스를 떠나보낸 프시케는 그 슬픔에 눈물을 흘렸고, 그 눈물에서 도라지꽃이 피어났다는 이야기. 종국엔 영원한 잠에 빠진 프시케에게 에로스가 다시 돌아와 그녀를 잠에서 구해내고, 둘은 부부가 되었다는 신화였다.

"신화는 신화일 뿐이지만 거기서도 여러 가지 영감을 받을 수 있어."

태이 교수는 신화라는 건 전혀 좋아하지 않을 것 같았지만 의외로 《햄릿》이라던가 《프시케와 에로스》 같은 이야기를 좋아했다. 104호를 아름답게 꾸미는 일이나, 도라지꽃의 꽃말을 알고 있는 일도 태이 교수와 어울리지 않는 의외의 일이었다.

"하지만 나는 네가 알아낸 꽃말이 마음에 든단다. 이 새로운 쿠키 좀 먹어보렴. 안에 블루베리 잼이 들어있는데, 참 맛있어."

내가 대답했다.

"이거 다이소에서 파는 거 아니에요?"

태이 교수가 허허 웃으며 맞다고 했다.

"그래, 그런 것 같더구나."

나는 갑자기 현실 얘기를 하며 분위기를 왕창 깬 것 같았지만, 우리는 곧이어 블루베리 잼이 들어간 빵이 얼마나 맛있는지, 세상에 얼마나 맛있는 빵이 많은지에 대해 이야기했다.

"저는 올리브가 들어간 치아바타 빵을 먹어본 적 있어요. 안에 작은 치즈큐브까지 들어있었어요!"

나는 환상적이었던 올리브 치아바타의 맛을 생각하며 말했다.

그날 저녁, 나는 씻고 자리에 누워 도라지꽃에 대해 생각을 했다. 프시케는 알고 보니 엄청 아름다운 여인이었다. 그리고 그녀의 삶에 대한 신화를 읽어보니 나와는 전혀 다르다고 느꼈다.

'이렇게 아름다운 여인의 이야기인 줄 몰랐어.'

나는 문득 내 자신이 괜찮은 사람이라고 여겨졌다. 비록 신화 속의 프시케처럼 모든 사람들이 미의 여신 아프로디테보다 더 숭배한 사람은 아니더라도, 그저 자작나무 숲 사이로 피어난 보라 꽃처럼 은은하게 아름다운 사람이라고 생각했다.

* * *

다음 날 아주 깔끔하게 아이라인이 그려졌다.

"이거지!"

나는 신이 났다. 조금 있다가 번지더라도 상관없었다. 다시 고쳐서 그리면 되니까. 수정하면 그만이었다. 나는 더 이상 태이 교수에게 찾아가지 않았다. 내가 찾아가지 않더라도 태이 교수는 나를 생각해 줄 사람이었다. 그것만으로도 힘이 나서 굳이 교수동에 가서 교수님 연구실에 찾아갈 생각은 들지 않았다.

때로 힘이 들고 외로울 땐 보라 꽃을 생각했다. 자작나무 숲에서 홀로 피어난 보라 꽃. 그건 어쩌면 자신이었다. 외롭고 쓸쓸한 나. 그런 나를 알아본 태이 교수가 마치 자작나무 같은 사람이었다. 전혀 어울리지도 않고, 닮은 점도 없는 것 같은 자작나무와 보라 꽃처럼 우연히 만난 순간 서로는 함께 살아갈 힘이 났다.

홀로 자취하는 방이 외로울 때가 많았지만 나는 머지않아 남자 친구가 생겼다. 태이 교수는 놀이지도를 열심히 가르쳤고, 나는 그 책을 보며 태이 교수가 내주었던 문제를 떠올렸다.

'햄릿과 오필리아?'

나는 영화 《오필리아》를 찾아보았다. 오필리아라는 여자주인공이 나오는 영화였는데, 아주 비극적인 결말이었다. 프시케와 에로스의 이야기와는 달리, 오필리아와 서로 사랑한 햄릿이라는 남자는 오필리아의 오빠와 검투를 하다 죽게 된다. 죽음이 이어지는 비극적인 결말 속에서 오필리아는 홀로 어린 딸과 수도원에서 살아간다. 태이 교수는 고전을 통해 나에게 어떤 통찰을 주려고 했을지도 모른다.

나는 평일이면 학교 공부를 하고, 주말이면 일을 하며 살았다. 남자 친구는 때로는 기댈 수 있는 안식처가 되어주었다. 나는 이 학교의 104호라는 방과 태이 교수가 제안했다는 사실을 비밀로 남겨두고 싶었다.

《셰익스피어의 4대 비극》을 주신 사서 선생님은 아직 동일한 분이었다. 나는 사서 선생님과 그동안의 이야기를 나누었고, 사서 선생님은 태이 교수가 아주 성실한 학생이었다고 칭찬해 주셨다. 나는 이후에 사서 도우미로 지원을 해서 도서관에서 근로 장학생 근무를 했다. 근무를 하다가 가끔 힘들 때면 다이소에서 산 블루베리 잼이 들어간 쿠키를 먹었다. 나는 이제 깨달았다. 세상에 혼자 살아갈 수 있는 사람은 아무도 없다는 걸…. 보라 꽃도 홀로 피어있는 것 같지만 많은 자작나무들 사이에 피어있기에 보라 꽃은 더욱 힘을 내서 많은 보라 꽃들을 피울 수 있었다는 것. 해와, 물과, 영양분이 있었기에 가능하다는 것. 보라 꽃의 정체가 도라지꽃이었는지 팬지꽃이었는지는 모르겠지만, 나는 그 일화가 마치 나 자신을 겨냥한 이야기인 것 같아서 마음에 들었다.

외로운 학교생활 속에서도 웃으며 인사 한마디 건넬 수 있는 소영이가 있었다. 모든 관계가 나와 내 남자 친구와 같지 않다는 걸 깨달았다. 반갑게 인사 나눌 수 있는 소영이에게도 감사했고, 시간을 내어 나를 반겨주는 태이 교수에게도 고마웠다. 나도 누군가와 가장 가까운 사이이기만 할 수는 없다. 하지만 누군가에게 도움과 힘이 되는 사람은 될 수 있다. 나는 사서 도우미로 일을 하며 쪽지를 적었다.

104호에 들어가시오.
당신이 힘이 들 때 멀지 않은 곳에 있소.

삐뚤빼뚤 힘겹게 적은 글씨가 나를 숨겨줄 수는 없었다. 하지만 나는 새로운 추억을 만들었다. 아무 의미 없는 것 같은 학교는 이제 나에게 큰 의미로 다가왔고, 아무도 도와주지 않는 것 같은 스무 살의 나에게 지금은 세상 모든 것이 도움을 베풀고 있다고 느껴졌다. 자작나무 숲에서 피어난 보라 꽃의 이름과 꽃말을 무엇으로 할지는 내가 정하는 일이었다. 오늘 내가 하루를 어떻게 살아갈지, 무엇을 받아들일지도 내가 정하는 일이다. 남자 친구는 예쁜 꽃을 선물해 준 적은 한 번도 없지만 나를 많이 사랑해 주는 사람이다. 내 소극적이고 자신감 없는 모습에도 불구하고 나를 있는 그대로 받아준다.

* * *

유치원 정교사 자격증을 딴 나는 유치원에서 정교사로 근무를 하게 되었다. 첫날에 그리도 낯설던 대학교를 졸업하고 나는 대학원에 진학했다. 유아교육대학원을 나와 교수가 되었다. 대학생 시절 나의 지도 교수였던 태이 교수가 아닌 다른 교수 밑에서 공부를 했다. 안경을 끼고 머리에 살짝 웨이브가 들어간 여자 교수님이었다.

나는 인생을 새롭게 변화시키고 싶다는 간절한 소망이 있었다. 그런 순간에 우연처럼 지도 교수였던 태이 교수를 만났고 나는 점차 긍정적인 사람으로 변화되어 갔다. 아침에 일어나면 오늘 하루를 열심히 살 생각에 기분 좋게 일어났다. 주일이 되면 교회를 다녔고, 평일에는 대학원 공부를 지속했다. 내 꿈은 대학교수가 되는 것이었다.

5. 우리의 선택

나는 5년 후 정식으로 모교의 유아교육과 대학교수가 되었다. 신입생 오리엔테이션이 한창이었다. 지난날의 내 모습이 생각났다. 대학원을 졸업한 나는 엄마와 아빠의 축하를 받았다.

"한슬기, 너 꼭 좋은 교수가 되어야 한다."

내 곁에는 남자 친구도 있었다.

"나도 정말 교수가 될 줄은 몰랐지만… 최선을 다할게!"

나는 당당하게 대답했다. 어느덧 첫 교수로서 학교에 출근하여 입학식을 바라보는데 갑자기 눈물이 솟구쳤다. 태이 교수의 말이 떠올랐다. 나는 이유도 없이 흐르는 눈물을 닦으며 이것이 인생이라고 생각했다.

"축하한다, 슬기야."

낯익은 목소리가 들렸다. 태이 교수였다.

"교수님!"

내가 옆으로 고개를 돌려 교수님을 바라보자 태이 교수가 말했다.

"앗, 미안해요. 슬기 교수님."

그렇다. 나는 이제 교수가 된 것이다.

"해리포터에서는 이런 명언이 나와요. '우리가 누구인지를 결정하는 건 우리의 능력이 아니란다. 우리의 선택이지.' 우리의 선택이 우리의 삶을 만들어 나가요. 우리의 정체성은 외부가 아니라 우리 마음에서 나온답니다."

마치 나를 위한 말들을 자판기처럼 꺼내는 태이 교수가 신기하기만 했다. 스무 살에 피어난 나는 진정으로 익어가고 있었다.

Cyclamen

황시현

안녕하세요.『보라 꽃의 단편소설』에 응모하게 된
24살 황시현입니다.

식물인간이 된 형이 깨어나면서 형제들의 이야기가 시작된다. 형이 깨어나면 마냥 행복하고 좋을 것만 같던 주인공 '이진'은 죄책감과 어색함을 느낀다. 이진은 형을 통해 자신을 받아들일 수 있을까.

눈이 내렸다. 도시는 추위와 함께 하얀 눈으로 도색되었다. 진은 창밖으로 도시의 풍경을 바라봤다. 겨울에 태어난 진은 겨울을 싫어했다. 수도가 꽝꽝 어는 것도, 집 앞 마트에 가기 위해 옷을 몇 겹이고 껴입는 것도 싫었다.

 1월 14일 생일날 친구들을 만난 진은 꽃다발을 선물 받았다. 친구들은 생일 축하한다는 말과 함께 사랑을 가득 담은 꽃을 건넸다. 친구들은 꽃을 건네면서 진의 탄생화인 꽃이라며 뿌듯해했다. 진의 눈에 보랏빛을 띠는 꽃송이들이 담겼다. 감동한 진의 볼은 보라 꽃의 색깔처럼 발갛게 달아올랐다. 꽃다발을 한참 바라보던 진은 작은 이름표에 담긴 꽃의 이름을 발견했다.

'시클라멘.'

진의 탄생화의 이름이었다. 밤새도록 친구들과 시간을 보내고 집으로 온 진은 도착하자마자 보관해 두었던 꽃병을 꺼내 수돗물을 받았다. 수돗물의 미지근한 물 속에 꽃을 두려다 진은 검색창에 시클라멘을 검색했다. 새벽이 지나 날짜는 1월 15일을 가리키고 있었다. 검색창에 시클라멘을 검색하자 제일 처음 뜬 키워드는 관리 수준의 어려움이었다. 시클라멘은 생장 속도가 느리며 생육의 온도를 16~20도를 유지해야 했다. 진은 서랍을 뒤져 온도계를 꺼내 물의 온도를 맞췄다. 스크롤을 더 내리자 거실 창 측이나 발코니에서 키우기 좋다는 설명이 붙어있었다. 진은 꽃병을 발코니에 두었다. 뿌리가 잘려 나간 꽃다발의 꽃은 얼마 지나지 않아 시들어버릴 것이었지만 최대한 관리를 잘해주고 싶은 마음이었다. 나무색의 인테리어였던 진의 집에 보라색 꽃은 생기를 더해주었다. 진은 발코니의 햇빛이 잘 들어오는 자리를 고심하며 이리저리 꽃병의 위치를 옮겼다. 결국 큰 창문 앞 가장자리에 꽃의 거처를 마련해 주고 나서야 잠에 들었다.

꽃은 얼마 가지 않아 시들었다. 시클라멘은 생기 있던 일주일 전과 달리 텁텁한 촉감과 빛바랜 보랏빛을 띠었다. 일주일간 진의 마음속 신경 한 부분이 시클라멘을 향해 있던 터라 진은 아쉬우면서도 후련한 마음으로 꽃병의 물을 버렸다. 정리하는 과정에서 꽃은 부스럭거리는 소리를 내며 잎이 마구 떨어졌다. 진은 꽃을 정리하면서 꽃을 선물 받은 지난 생일을 곱씹으며 기분 좋은 미소를 지었다. 어느새 날씨는 차가운 바람이 줄어들어 한겨울의 고비를 넘기고 있었다. 1월의 끝이었다.

진은 외출을 위해 옷장을 열었다. 진의 옷장 안에는 진의 집과 마찬가지로 갈색 아우터들이 가장 많았다. 진은 창문을 열어 밖의 기운을 살핀 후 목도리를 하는 대신 어두운 갈색의 긴 털옷을 입었다. 진은 목 끝까지 잠근 후 털로 둘러싸인 어그를 신고 집을 나섰다. 진의 목적지는 세탁소였다. 진은 세탁소에 들어서며 쌀쌀한 날씨만큼 굳어진 입과 표정을 애써 풀면서 인사했다. 세탁소 단골인 진을 알아본 세탁소 주인아주머니는 코끝에 걸쳐진 안경을 벗으며 진에게 인사했다. 진도 입꼬리를 올려 인사를 건네며 얼룩진 바지와 셔츠 한 장을 내밀었다.

"바지에 뭐가 묻어서요. 드라이할게요."

세탁소 아주머니는 안경을 다시 올려쓰며 옷의 얼룩진 부위를 만지면서 안부를 물었다. 진의 얼굴은 살짝 달아올랐다. 오랜만에 마주한 세탁소 아주머니와의 스몰토크에 괜히 빨개진 볼이었다. 아주머니는 익숙한 듯 진의 얼굴 상태를 신경 쓰지 않고 내일 3시까지 오라고 말했다. 진의 얼굴은 관심을 주지 않은 시선에도 더욱 달아오르다 언제 그랬냐는 듯 원래의 혈색을 되찾았다.

세탁소를 빠져나오자 찬바람이 진을 지나쳤다. 세탁소 앞은 아이들의 웃음소리가 가득했다. 공을 차며 노는 아이들과 놀이터에서 술래잡기를 하는 아이들의 말소리와 웃음소리가 가득했다. 한쪽 구석에는 멀리뛰기를 연습하는 아이들이 있었다. 아이들의 발밑에서 모래바람이 퍼졌다. 진은 자리에 멈춰 예전 추억을 떠올렸다.

멀리뛰기 수행평가가 다가와, 진은 친구들과 모여 분필 가루로 운동장 바닥에 기록을 표시하며 멀리뛰기를 연습했다. 친구들은 각자 출발선에 서서 손을 힘차게 흔들다 앞으로 도약한 후 재빨리 뒤를 돌아 얼마나 멀리 왔는지를 가늠했다. 진도 출발선에서 야심 차게 몇 번이고 손을 앞뒤로 흔들며 도약을 준비했다. 강한 햇살을 받으며 진은 뛰었다. 발이 떨어짐과 동시에 진은 눈을 질끈 감았다. 발끝에서부터 온몸에 진동이 퍼지고, 눈을 뜨자 날리는 흙먼지와 자신을 앞질러 있는 수많은 친구들의 기록선들을 볼 수 있었다. 실력이 늘지 않은 진과 몇몇 다른 반 학생들은 강당으로 소집되었다.

멀리뛰기를 연습하는 아이들의 표정은 기대와 설렘이 묻어 있었다. 진은 아이들의 표정을 가만히 지켜보다 발걸음을 옮겼다. 바람은 사람들의 체취를 묻혀 멀리 날아갔다. 진은 조금 속도를 내 걸었다. 진은 핸드폰을 켜 마트와 꽃집의 거리를 확인했다. 마트와 꽃집은 정반대에 있었다. 진은 어느 곳부터 가야 할지 고민했다. 마트에선 과일을, 꽃집에선 꽃다발을 살 예정이었다. 마트를 먼저 가자니 과일의 무게가 걱정되었고 꽃집을 먼저 가자니 꽃잎이 떨어지고 포장지가 구겨지면 어쩌지 하는 걱정이 들었다.

고민하던 진은 꽃집을 먼저 방문했다. 꽃을 들고 이리저리 돌아다니면 마치 봄을 맞이한 듯한 기분이 들 것 같아서였다. 진은 꽃집으로 가 병원의 흰 이불과 어울릴 만한 꽃을 골랐다. 꽃말이나 꽃의 생육 방식은 신경 쓰지 않은 채로 오로지 꽃의 생김새만 고려했다. 진은 꽃의 이름을 묻지 않고 포장을 부탁했다. 이름 모를 하얀 꽃은 얕은 노란색을 띠는 종이에 정성스럽게 포장되었다. 진은 꽃을 바깥으로 보이게 들고 다니며 마트로 향했다. 버스를 타도 되었을 거리였지만 진은 걸었다.

마트에 도착하자 진은 꽃을 안아 들어 꽃이 보이지 않도록 감췄다. 진은 마트 한편에 쌓여 있는 사과의 빛깔들을 유심히 살펴보다 한 박스를 골랐다. 계산 후 진은 테이프로 손잡이를 만들었다.

진은 양손 가득 선물을 들고 버스 정류장으로 향했다. 버스 도착 정보를 알리는 알림판은 낡아 지직거리고 있었다. 진의 버스는 26분 후를 가리키고 있었다. 어림잡아 시간 계산을 하자 예정되어 있던 도착시간보다 늦을 것 같았다. 약속을 잡거나 하진 않았지만 늦어도 4시까진 도착하리라고 계획을 세워두었던 터였다. 진은 곧 도착이라고 표시되어 있는 버스 중 하나를 탔다. 중간에 내려 걸어가야 했지만 26분 후 도착하는 버스를 기다리는 것보다는 조금 더 일찍 갈 수 있었다. 버스는 방지턱에서 속도를 줄이지 않고 달려 심하게 울렁거렸다. 사과는 제자리를 지켰지만 꽃잎들은 버거워 보였다. 꽃잎이 하나둘씩 흔들리며 떨어지자 진은 꽃을 더 꽉 껴안았다.

 병원에 도착한 진은 곧장 화장실로 가 옷매무새를 다듬었다. 소리를 내며 목을 가다듬고 꽃의 상태를 확인했다. 꽃잎이 조금 떨어졌지만 예쁜 건 여전했다. 진은 엘리베이터를 기다리며 문에 비친 자신의 모습을 다시 한번 점검했다.

"후"

옅은 호흡을 뱉은 진은 8층을 눌렀다.

형이 누워있는 곳이었다.

"형. 저 왔어요."

형은 산소호흡기를 물고 얕은 숨을 공급받고 있었다. 형의 모습은 깔끔했고 평온해 보였다. 진은 형에게 꽃다발을 내밀어 보였다. 형은 아무 말이 없었다. 형은 무거운 눈꺼풀에 가려 예쁜 꽃을 바라보지 못했다. 그래도 진은 보여줬다. 꽃을 이리저리 흔들자 꽃의 향기가 고스란히 형의 코끝을 스쳤다. 진은 꽃다발을 꽃병에 옮겨 병실 한편에 놓아두었다. 시계는 어느덧 5시를 가리키고 있었다. 오늘은 딱 22년이 되던 날이었다.

* * *

큰 키, 햇빛에 많이 그을려 타버린 목뒤와 얼굴. 그와 반대로 인자한 표정의 체육 선생님은 cm부터 mm까지 기록된 길고 검은 기록판을 강당 구석에 깔았다. 선생님의 호루라기 소리에 맞춰 한 명씩 뛰기 시작했다. 진은 호루라기가 마치 피할 수 없는 호령처럼 느껴졌다. 아이들은 어설프게 준비 동작을 했다. 아이들이 착지 된 곳의 숫자들이 흰 종이 위에 말없이 기록되었다. 무거운 분위기 속, 몇몇의 아이들이 뜸을 들이며 뛰기를 망설였다. 기록을 하는 몇 번의 서늘한 연필 소리가 들리고, 어느새 진의 차례가 되었다. 침묵 속에서 도움닫기가 시작됐다. 진은 넓은 강당 구석에서 팔을 있는 힘껏 휘둘렀고 타이밍을 맞춰 앞으로 뛰었다. 진은 평상시보다 잘 뛰었다는 생각이 들었다. 자신이 돌린 팔과 발을 뗀 타이밍이 잘 맞아떨어졌기 때문이었다. 진은 뒤를 돌아 출발선과 자신이 서 있는 곳의 거리를 확인했다. 여전히 저조한 성적이었지만 왜인지 한 발짝 정도는 더 온 것 같은 기분이 들었다. 진은 강당의 열린 문으로 들어온 바람이 자신을 도와준 건지 헷갈렸다. 실제로 선생님이 불러준 기록들 중 진의 기록이 제일 높았다. 물론 3cm 정도 차이였지만. 반에서 기록이 꼴찌였던 진은 처음으로 1등이라는 사실에 기분이 좋았다. 그러다 진은 자신의 기록이 최하위들 중에서 1등이라는 것에 들뜸을 지웠다. 그래도 아이들은 진을 부러운 눈빛으로 쳐다보았다. 진은 괜한 민망함에 목을 긁었다. 발을 움찔거리며 바닥을 내려다보던 진은 제일 먼저 호명되었다.

"이진"

진은 출발선에 섰다. 선생님은 기록판을 훑어보더니 그 위로 올랐다. 그러곤 진의 기록에 맞추어 다리를 뻗고 앉았다. 출발선 위에서 어리둥절한 표정으로 진은 선생님을 바라봤다.

"넘어 봐."

이대로 뛰었다간 선생님을 밟을 것이었다. 하지만 뛰지 않으면 선생님의 엉덩이는 저 널빤지에서 절대로 떨어지지 않을 것이며, 강당 구석에 처박힌 친구들은 영영 집에 돌아가지 못

할 것이 분명했다. 진은 준비동작도 하지 못한 채로 망부석이 되어버렸다. 선생님은 기록판 위에 한자리를 차지해 진을 뚫어져라 쳐다보며 빨리 뛰어보라는 신호를 보내왔다.

* * *

"진아 달려 봐!"

진의 형은 겁이 없었다. 까마득한 내리막이 펼쳐진 언덕에서 자전거 페달을 미친 듯이 밟으며 스릴을 즐겼다. 형은 자신이 만드는 바람을 타고 즐겼다. 진은 형이 넘어질까 봐 발가락에 저절로 힘이 들어가고 허리가 꼿꼿해졌다. 진은 매번 형을 따라 힘들게 언덕을 올라간 후, 자전거를 타고 빠르게 내려간 형의 뒤를 따라근근이 자전거의 브레이크를 잡으며 아주 천천히 내려갔다. 진의 형은 언덕 위로 올라오는 사람들을 향해 소리쳤다. 자전거의 벨소리보다 큰 소리로 사람들에게 자신의 존재를 알렸다. 형의 목소리가 멈추고 언덕을 모두 내려갔을 때 진은 겨우 언덕 중턱에 도착했다.

"형, 그러다 넘어지거나 차가 올라오고 있으면 어떡해."

진은 초조한 목소리로 형을 걱정했다.

"심장이 벌렁벌렁하고 재밌어. 차 오면 바로 멈추면 되지."

형은 자신이 달리는 활주로의 장애물들을 개의치 않아 했다. 형과 함께 스케이트를 배우러 아이스링크장을 방문했을 때도 형과 진의 성격 차이는 극명하게 드러났다. 형은 넘어지는 것도 스케이팅의 일부분이라고 생각했고 진은 넘어지는 게 무섭고 그런 자신의 모습이 창피해 숨기기에 급급했다. 진은 만약 자신이 넘어지다 손을 잘못 짚어 손이 삐끗하면 어쩌나 하는 불길한 상상을 멈출 수 없었다. 같은 출발선에 섰던 두 사람은 3개월이 지난 후 더 이상 같은 레벨의 반에서 수업을 들을 수 없었다. 형은 빙판 위를 달렸고 진은 꽝꽝 얼어있는 빙판을 두드리기 바빴다.

해가 쨍쨍하던 날, 진은 형에게 자전거 시합을 제안했다. 형이 진을 보고 웃음을 지었고, 형의 가지런한 치아와 햇빛을 받은 주근깨가 반짝거렸다. 늘 혼자서 오르막을 내려오던 진이 형과 함께 달리고 싶은 마음에 제안한 시합이었다. 오르막에선 자신 없었지만 평지에선 형을 이길 자신이 있었다. 도로 위 도색된 하얀 줄을 출발선으로 하여 진과 형은 줄을 맞췄다. 저 멀리 신호등의 불이 노란색을 거쳐 빨간색으로 변하는 신호에 맞춰 형과 진은 달렸다. 저 멀리선 트럭이 오고 있었다. 형은 그 트럭에 치였다. 순식간이었다. 운전 베테랑이던 트럭기사 아저씨도 자전거를 타고 갑자기 튀어나온 작은 소년을 지켜내기엔 무리였다. 진은 고개를 들지 못했다. 7살이었던 진은 가장 친한 친구이자 가족인 형의 사고를 설명해야 했다. 진은 그게 자신의 탓인 것만 같았다. 눈물이 목 끝까지 차올라 목소리가 자꾸만 기어들어 갔다. 형은 식물인간이 되었다. 더 이상 형이 말하는 모습도 웃는 모습도 보지 못했다. 진은 늘 그 짐을 마음에 안았다.

형의 부재를 추스를 틈도 없이 진은 초등학교에 입학했다. 4살 차이인 형으로부터 학교에 대한 이야기를 많이 들었다. 학교는 형이 자주 말해줬던 대로 생동감이 넘쳤다. 사교성이 뛰어났던 형은 학교에서 친구들에게 인기가 많았다고 했다. 진은 형의 친구들과 선생님들이 형의 사고에 대해 어떤 심정일지 상상이 가지 않았다. 본인과 같았을지, 덜 슬퍼했을지 감이 잡히지 않았다. 몇몇 선생님들은 형을 기억했다.

"네가 이수 동생이구나."

하고 진의 머리를 쓰다듬었다. 잠시 할 말이 있는 듯 망설이다가 입가에 은은한 미소를 보여주며 자리를 떴다. 그리고 사람들은 형의 안부는 묻지 않았다. 형이 식물인간이 된 지 5년이 넘었을 땐, 진은 자신이 다 컸다고 생각할 나이인 12살이었다. 진이 고학년으로 올라가면 갈수록 얼굴을 아는 친구들이 늘어가며 학교생활은 재밌어져 갔고, 병원에 누워 아무것도 못 하는 형의 생각에 일상이 힘들거나 마음이 무겁지 않았다. 오히려 형 생각에 우울해하는 것이 필요 이상의 것이라는 생각이 들었다. 진은 친한 친구들과 깊은 관계를 맺으며 우정을 배웠고, 풋내기의 첫 짝사랑도 시작했다. 물론 잘 되진 않았지만 진에겐 핑크빛의 풍선처럼 부풀었던 설렘으로 남아있다. 진은 주변의 인간관계와 감정이라는 양분을 먹고 자라났다. 성격도 점차 다듬어지고 부러지면서 완성되어 갔으며 과거 자신의 어떤 행동들을 반성하며 부끄러워할 줄도 알았다. 진의 중·고등학교 친구들은 자연스레 진을 형제가 없는 외동으로 알고 있었고, 진은 따로 형에 대해 설명하지 않았다. 그 편이 편했다. 덜 친한 친구나 가장 친한 친구 구분 없이 진은 입을 다물었다.

형이 깨어났다. 22년 만이었다. 병원의 의사도 부모님도 예상하지 못했던 일이었다. 형은 눈을 떴고 병원에서는 들뜬 목소리로 소식을 전했다. 진은 제일 먼저 병원에 도착했다. 형의 표정은 몽롱했다. 형은 몽롱해진 눈으로 이미 성인이 되어있는 진을 바라봤다. 진은 입이 얼어 아무 말도 할 수 없었다. 형이 깨어나는 상상을 수도 없이 해왔지만, 현실에서 일어나니 마치 꿈을 꾸는 것 같았다. 형이 깨어나면 눈물을 흘린 채 서로를 끌어안으며 서로의 이름을 부르는 상상을 해왔는데 그저 얼어있었다.

"환자분이 지금은 정신이 없을 거예요."

간호사는 어색함이 흐르는 형제의 사이에 설명을 붙여줬다. 그리고는 형의 자리를 몇 번이고 고쳐주며 형의 이름을 부르며 진의 존재를 다시 일러주었다.

"환자분. 동생분 왔어요."

형은 간호사의 음성을 알아듣는 듯이 눈을 깜빡거리며 손을 움찔댔다. 진은 형의 곁에 앉았다. 병원 창문으로 햇빛이 들어와 침대 옆으로 아직 시들지 않은 하얀 꽃이 반짝거렸다. 진은 눈을 둘 곳을 찾지 못해 방황하다 결국 꽃잎의 개수를 세며 시선을 안착했다.

곧이어 부모님이 도착했다. 부모님은 눈물을 쏟으며 형의 손을 잡고 누워있는 형을 껴안으려 애썼다. 진은 조용히 병실을 나갔다. 형은 지속적인 치료를 받으며 회복에 집중했다. 빠져버린 근육을 채우기 위해 재활을 하고 지나버린 세월에 대해 설명을 들었다. 진은 형과 한 마디도 하지 못했다. 입이 떨어지지 않았다. 시간이 지날수록 꽃잎은 시들고 말랐다. 부모님은 애기 같았던 형을 기억하며 자꾸만 어릴 적 이야기를 형에게 해줬다. 부모님과 진은 서로 번갈아 가며 재활치료가 끝나는 시간에 맞춰 형을 간호하러 병원에 들렀다. 진은 바쁘다는 핑계로 형의 간호를 피했다.

그러던 어느 날 '꽃이 다 시들었겠네,'하며 꽃을 핑계 삼아 병원에 들렀다. 형은 자리에 없었고, 시든 꽃이 무참히 병원 바닥에 떨어져 있었다. 그래도 물은 누군가 갈았는지 기포 없이 깨끗했다. 진은 바닥에 떨어진 꽃을 주웠다. 바스락거리는 소리로 바싹 마른 꽃잎들이 가루를 날렸다. 싱크대에 꽃병의 물을 버리던 그때, 형이 들어왔다.

'아….'

진은 짧은 탄식을 애써 숨기며 간호사를 도와 형을 침대에 눕혔다. 간호사가 나가고 둘만 남은 병실은 침묵이 가득했다. 진은 입술을 자꾸만 움찔거렸다.

"저 갈게요."

진은 자리를 빠져나왔다. 용기가 나질 않았다. 멀쩡하게 눈을 뜨고 있는 형은 너무나도 어색했다. 눈을 깜빡이고 걷는 형의 모습이 마치 형이 아닌 것 같이 느껴졌다. 병실 문을 닫기 전 형이 말했다.

"진아, 꽃 고마워."

진은 뒤를 돌아보지 못하고 그대로 병실을 나왔다. 집으로 돌아가는 길, 시들기 전 예뻤던 꽃의 형태와 형의 말을 곱씹었다. 진은 그날 이후로 자주 형을 보러 병원에 갔다. 형의 말 한마디가 진의 발걸음을 향하게 했다. 형은 날마다 재활치료로 고된 인내의 시간을 보냈다. 진과 형은 형식적인 대화를 조금씩 주고받으며 서로의 존재를 익혀갔다.

벚꽃이 지고 기분 좋은 태양과 바람이 춤추는 5월의 어느 날, 진은 어릴 적 형과 보내던 시간이 자꾸만 어제 일 같이 느껴졌다. 정말 친한 친구는 몇 년이 지나고 만나도 어제 본 것처럼 익숙하게 느껴지는 그런 감정이었다. 어쩌면 그보다 훨씬 깊을지도 몰랐다.

진은 유심히 형의 머리를 봤다. 형은 어릴 적부터 **빽빽한** 머리숱 사이로 한 가닥씩 흰머리가 났었다. 형의 갈대밭 같은 머리카락을 뒤져 흰머리를 뽑아내는 것은 진의 몫이었다. 그럴 때마다 진은 온 신경을 집중하여 검은 것들 사이 흰 것을 찾아내 손끝에 순간적인 힘을 주며 흰머리를 뽑아주었었다.

"아!"

형은 뽑힌 흰 머리카락과 함께 약간의 탄성을 뱉었고, 진은 뽑은 흰머리를 하늘을 배경으로 들었다. 그럼 형은 뽑힌 자신의 흰머리를 보기 위해 진의 옆으로 가 함께 태양을 바라봤었다. 그리곤 함께 웃었었다.

지금도 형의 머리엔 흰머리가 몇 가닥 있을 터였다. 진은 형에게 다가가서 말했다.

"흰머리 뽑아줄까요."

형은 진에게 가만히 머리를 내어줬다. 진은 형의 헝클어진 머리를 살짝 헤집어 흰머리를 찾았다. 더욱 빽빽해진 머리카락 속 한참을 찾다 짧게 자라난 흰머리를 발견했다. 진은 어릴 적처럼 손끝으로 흰머리를 움켜잡았다. 주변에 방해하는 검은 머리들이 많아 자칫하면 놓쳐버릴 것 같았다.

"찾았어요. 뽑을게."

진의 목소리에는 약간의 들뜸이 묻어있었다.

"으... 아...!"

형의 탄식과 함께 흰머리가 뽑혔다. 워낙 옆의 머리가 빽빽한 탓에 검은 머리 두 가닥도 같이 뽑혔다. 진은 멋쩍은 웃음을 지으며 머리카락 세 가닥을 형에게 보여줬다. 바깥에서는 조금의 햇빛이 들어오고 있었다. 형은 진의 손이 햇빛을 받을 수 있도록 손을 잡고 위치를 옮겨주었다. 웃음을 먼저 터트린 건 진이었다. 형도 진을 따라 머리카락을 보며 웃다가 마지막엔 서로를 보고 웃었다. 둘의 얼굴이 햇빛이 내린 듯 밝아졌다. 웃다가 놓친 세 가닥의 머리카락은 흰 머리칼 검은 머리칼 구분 없이 병원 바닥으로 떨어져 바닥의 먼지들과 섞였다.

 길었던 둘의 어색함은 흰 머리카락 하나에 깨졌다. 어느새 둘은 어린 시절의 타임머신을 탄 듯이 추억을 쏟아냈다. 그렇게 옛날이야기를 나누다 형은 자기가 없었던 진의 인생을 궁금해했다. 그리고 미안해했다. 동생을 챙겨주지 못해서, 함께 고민을 나눠주지 못해서. 형은 누워있던 시절이 무색하게도 참 어른스러웠다. 하지만 분명히 형보다 진이 경험도 훨씬 많았고 어휘력도 뛰어났다. 형의 어린아이 같은 문장들을 들을 때면 진은 자꾸만 꼬마 시절의 형이 생각나 눈물이 차올랐다. 그럴 때면 형이라는 호칭을 크게 불렀다. 형은 몇 번이고 다정하고 씩씩하게 대답해줬다. 진은 형에게 책을 많이 읽어주었고 책에 나오는 사람들의 인생사를 들려줬다. 그리곤 형과 함께하고 싶은 일들을 노트에 적어 형에게 보여줬다. 둘의 모습은 마치 서로가 없어서는 안 되는 단짝 친구 같기도 했으며 오랜 연인 같기도 했다.

"나 없이 어떻게 살았어?"

형은 진에게 이런 장난도 쳤다. 진은 과거를 상기시키는 형의 말에는 어김없이 눈물이 나고 가슴이 찢어졌지만, 형에게는 그 감정을 숨겼다. 형 없이도 잘 살아왔다는 사실에 미안했다.

형은 병실에서 자주 뵌 어르신들과 간호사들에게 밝게 인사하는 진을 신기해했다.

"그렇게 숫기 없던 애가 이젠 다 컸네."

진은 대답했다.

"지금도 소심한 건 여전해. 조금 나아진거야."

형은 가만히 허공을 바라보다 진에게 물었다.

"살면서 말야…. 가장 기억에 남는 순간이 언제야?"

***

친구들과 선생님은 진을 기다렸다. 강당의 전자시계는 속절없이 흘러가며 소리 없이 숫자를 바꿔댔다.

"얼른."

진은 대답을 못 한 채로 입술을 마구 깨물었다. 이런 상황이면 진은 입을 어디에다 둬야 할지 몰랐다. 자신의 발의 위치, 손의 위치 모두 이상하게 느껴졌다. 진은 자꾸만 자신이 뒤틀려 가는 것만 같았다. 선생님의 표정과 자세 하나하나가 자신의 괴롭게 하는 것만 같았다. 진은 마치 번지점프대 앞에라도 선 듯이 망설이며 눈을 질끈 감았다. 연신 손만 앞뒤로 허우적거리며 뛰려는 시늉을 하다 다시 손이 느려졌다. 말에 자신이 없어 말끝을 흐리는 행위를 몸으로 표현한 것 같았다. 친구들은 기다림에 다리가 꼬이고 자세가 흐트러졌다. 선생님은 자신을 뛰어넘지 않으면 집에 가지 못할 것이라며 으름장을 놓았다. 모두가 진을 쳐다봤다. 등은 축축했다. 티셔츠가 땀으로 젖어 자신의 꼴이 우스워 보일 것 같았다. 시선이 괴로웠고 해내지 못할 일을 시키는 선생님이 야속했다. 아무도 진을 부르지 않았지만, 그 시선들이 자신의 이름을 자꾸만 외치는 것 같았다.

세상 모두가 자신을 재촉하는 듯 느꼈다. 선생님을 어떻게 넘냐는 말이 목 끝까지 차올랐지만 말하지 못했다. 말했어도 선생님은 기록판에서 엉덩이를 떼지 않을 것이었다.

진은 곰곰이 생각했다. 기뻤던 일화? 슬펐던 일화? 아니면 배가 찢어질 만큼 웃겼던 일화? 예를 들자면, 부추를 먹지 못해 엄마께 심하게 혼났던 날…, 빨리 거절하지 못해 일이 눈덩이만큼 커져 간담이 서늘했던 이야기…, 웃다가 콧물이 비눗방울 모양으로 부풀어 친구들과 하루 종일 그 이야기로 웃었던 날…. 진의 뇌리에 수많은 순간들이 스쳐 지나갔다. 진은 그중에서 '가장'을 찾았다. 진은 음— 소리를 내며 고민하다 말했다.

"멀리뛰기…. 초등학교 다녔을 때, 멀리뛰기를 했던 순간인 것 같아"

형은 궁금하다는 표정을 지으며 자세를 고쳐 앉았다,

"나는 기록이 낮았어. 반에서 제일 점수가 낮아서 나머지 연습을 하러 강당에 불려 갔거든. 제일 먼저 이름이 불렸는데 선생님이 기록판 위에 앉아서 자기를 뛰어넘어 보라고 말하는데 나는 뛸 수 없었어. 이러지도 저러지도 못하는 그 순간에…"

"그래서 뛰었어? 성공했어?"

"음, 아니."

"하하하 뭐야 그게."

"뛰긴 했어. 근데 실패했지. 정말 온 세상을 안고 뛴 것처럼 무거웠어. 선생님 무릎 위로 넘어졌어."

형은 크게 웃음을 터뜨렸다.

"엄청 아프셨겠다."

"응, 무릎 잡고 아파하시면서 웃으시더라. 그래서 나도 그냥 웃었어. 그 순간이 자꾸 기억이 나. 좋은 추억인지 나쁜 추억인지 구분 짓지 못하는데도."

날씨는 무척이나 따뜻했다. 어느새 6월을 지나 한여름의 시작인 7월이 다가왔다. 진은 형에게 자신의 기억들을 공유했고, 형은 진이 온몸으로 느끼고 배운 삶을 들었다. 어느새 형의 머릿속에는 진의 인생이 담겼다. '이진'이라는 제목의 책 한 권을 읽은 듯이.

형의 생일이 다가오고 있었다.

"형, 갖고 싶은 거 있어?"

진은 형에게 근사한 선물을 해주고 싶었다.

"너는 생일날 뭐 받았어?"

진은 친구들에게 받은 선물들을 형에게 보여줬다. 진은 카카오톡 선물함에 담긴 다양한 물건들을 보여주었다. 그러다 진은 형이 자신에게 했던 말이 생각났다. 병실에 있던 꽃이 고맙다는 형의 한마디였다. 진은 핸드폰을 들고 형의 탄생화를 검색했다.

 7월 18일을 검색하자 뻐꾹나리꽃이 나왔다. 진은 인터넷에 뻐꾹나리의 설화와 꽃말을 검색했다.

 뻐꾹나리

 전설. 옛날 어느 시골 마을에 두 형제가 살고 있었다. 착한 동생은 이따금 산에 가서 참마를 캐면 맛이 있는 쪽은 형에게 주고 자기는 맛이 없는 나머지만 먹었다. 그것도 형에게 걱정을 끼치지 않으려고 항상 숨어서 먹었다. 의심이 많은 형은 동생이 숨어서 먹는 것을 보고 맛이 좋은 것은 자기가 먹고 형인 자기에게는 맛이 없는 것만 주는 것이 틀림없다고 오해한 나머지 어느 날 동생을 죽여버렸다.

 그러나 죽은 동생의 뱃속에는 참마의 껍질과 딱딱한 줄기만 가득 차 있었다. 뒤늦게 자기 잘못을 안 형은 동생의 시신을 끌어안고 눈물로 지새우다가 뻐꾹새로 변했다. 그러고는 날마다 털을 할퀴며 목이 터져라 동생의 이름을 부르다가 피를 토하게 되고 그 피가 가슴의 털을 물들여 뻐꾹새의 아름다운 무늬가 되었다고 한다.

 진은 짧은 설화를 세 번째 읽고 나서야 그 밑에 적힌 꽃말을 발견했다. 당당함. 진은 형에게 잘 어울린다고 생각했다. 몸을 완전히 회복해서 당찼던 형의 일상들을 얼른 되찾기를 소망하며 진은 형의 생일을 기다렸다.

 어느덧 7월 18일이 왔다. 형은 심적 안정과 꾸준한 재활치료로 몸컨디션이 많이 좋아져있었다. 진은 꽃집으로 향했다. 꽃집 한편에 모여있는 뻐꾹나리꽃 중에서 예쁘게 생긴 꽃을 고르고 골랐다. 형의 생일날엔 연락이 닿은 형의 초등학교 동창들이 찾아왔다. 이수를 기억하는 친구들은 긴장된 표정으로 이수와 인사했다. 이수도 초등학교 때 찍은 사진과 20대가 된 친구들 얼굴을 번갈아 보며 기억을 더듬었다.

 병실 앞에 도착한 진은 형과 친구들이 웃는 소리에 잠시 밖에서 기다렸다. 호탕한 웃음소리가 병실 밖으로 새어 나왔다. 약 한 시간가량이 지나고 형의 친구들이 병실을 나왔다. 형의 친구들은 진을 발견하고는 웃으며 먼저 진에게 다가갔다.

"네가 진이구나. 얘기 많이 들었어."

"안녕하세요."

"듣던 대로 너무 예쁘다."

 진은 부끄러운 미소를 지었다. 다음을 기약하는 인사를 끝으로 진은 형이 있는 병실로 들어갔다. 진은 형에게 뻐꾹나리 꽃다발을 건넸다.

"형, 생일 축하해! 이건 형 탄생화야. 뻐꾹나리꽃."
"우와, 고마워! 너무 예쁘다."

진은 형의 반응을 보고 들뜬 목소리로 이야기했다.

"형, 이 뻐꾹나리에 얽힌 이야기는…"
"그래서 주근깨처럼 보라색 점박이가 났구나."

형은 진이 사 온 뻐꾹나리에서 눈을 떼지 못했다. 진은 꽃말이 적힌 쪽지를 형에게 보여줬다.

뻐꾹나리의 꽃말인 당당함은 건강했던 유년 시절의 형을 대표하는 단어 같았다. 뻐꾹나리는 흰 배경에 주근깨처럼 보랏빛의 점박이가 박혀있었다. 진은 마치 그 보랏빛의 점박이가 형의 사랑스러운 주근깨처럼 느껴졌다. 온통 보랏빛이었던 진의 시클라멘과 달리 옅은 보랏빛 주근깨를 가진 형의 탄생화는 감탄이 나올 정도로 예쁘고 당당했다.

형은 꽃말을 듣고 진을 바라보았다. 뻐꾹나리는 안색이 어두운 형의 안색에 생기를 넣어주려는 듯 싱싱하게 자리했다. 형은 뻐꾹나리에 입을 맞췄다. 진은 그동안 지나가 버린 형의 생일을 양껏 축하했다.

"형, 그간의 생일을 축하해. 그리고 다신 오지 않을 오늘의 생일을 축하해!!"

아마도 진보다 형의 생일을 진심으로 축하해 줄 사람은 없을 것이다. 그리고 형은 이 순간에도 진의 생각을 했다. 탄생화의 얽힌 설화와 꽃말이 흥미로웠던 형은 진의 생일인 1월 14일의 탄생화와 꽃말을 궁금해했다. 그 안에는 이번년도 진의 생일을 축하해 주지 못해 아쉬운 마음도 섞여 있었다. 진은 탄생화 사진과 자신의 꽃말을 말해주었다.

"푸하하, 소심함이라니."

"그러니까! 진짜 이 꽃 때문에 내가 소심해졌나 봐."

"그게 뭐야, 그냥 꽃이지. 예쁘게 피어났잖아. 그것만 생각해."

서로 웃고 떠들며 시끄러웠던 둘 사이에 잠깐의 정적이 찾아왔다. 진의 표정이 조금 무거워졌다. 진은 힘겹게 입을 뗐다.

"형, 있잖아. …미안해. 어렸을 때 내가 형한테 자전거 시합을…."

형은 진의 말을 가로막았다.

"진아, 돌아오는 내년 생일에는 내가 꼭 같이 있어 줄게."

진의 눈에 눈물이 가득 고였다. 그 눈물은 흘러 보랏빛의 꽃들에게 닿았다. 시클라멘과 뻐꾹나리가 자신들의 시기에 자신들의 자리에서 아름다운 보랏빛을 피워냈던 것처럼, 진은 부담감 속에서도 결국 뛰어내었고 형은 긴 세월을 이겨내고 자리에서 일어났다.

이제 진은 더 이상 겨울을 '춥다'라는 단어로만 받아들이지 않을 것이다. 앞으로의 겨울은 형이 함께할 것이기 때문이다. 그리고 보랏빛의 뻐꾹나리와 시클라멘은 형제의 곁에서 계절을 가리지 않고 아름답게 피어날 것이다.

심연의 꽃

강인영

상상놀이를 즐겨하고 글로 옮겨쓰는
초등학교 교사입니다.

저서로는 『달콤한 사물함』이 있습니다.

죽어서 영혼이 된 주인공에게 붉은 머리의 남자가 독특한 제안을 건넨다. 살려주는 대가로 자신과 함께 영혼의 죄를 판결할 것, 그리고 일을 모두 마친 뒤 자신에게 작은 꽃 한 송이를 주는 것이었다.

1.

나는 죽었다. 아마, 죽었을 것이다.

나는 길바닥에 차갑게 식어가는 나의 몸을 내려다보고 있다. 얼어붙은 계단을 따라 굴러떨어진, 평범한 듯 우울한 죽음이었다. 영혼이 빠져나온 육신 위로 소복소복 내려앉는 눈송이가, 계단을 구르는 순간 유독 차가웠던 바람의 감촉을 떠올리게 했다.

기대했던 만큼 대단한 죽음은 아니었지만, 그래도 20여 년을 함께 울고 웃었던 몸으로부터 떨어져 나가는 기분이란 참 오묘했다.

문득 새하얀 눈 위로 흩뿌려진 붉은 피가 아름답다는 생각이 들었다.

"그 녀석 못 만났지? 따돌리느라 힘을 엄청나게 소모했다고."

조금 전부터 내 옆에서 나의 죽음을 함께 구경하던 붉은 머리의 남자가 담배에 불을 붙이며 말을 걸었다.

"벨벳 스커트라니 스타일이 좀…. 고루하네. 인기는 별로였겠어."

남자는 그 몸의 주인이 옆에 있는 것도 전혀 개의치 않는 듯 낄낄 웃었다. 나는 이 불쾌한 남자가 일종의 안내자라고 짐작하고 있었는데, 사후세계라는 것이 실제 존재한다면 적어도 이 남자보단 나았으면 하고는 생각했다.

"언제 출발하나요?"

갓 육체를 빠져나온 영혼이 언제까지나 자기 몸 앞에 서 있을 리는 없다는 내 생각을 비웃기라도 하듯 남자는 대답 없이 희뿌연 담배 연기만 내뱉었다. 죽은 사람이 더 모이기를 기다리기라도 하는 건가, 나는 영혼들이 한곳에 모여 단체 버스를 타는 상상을 했다. 물론 그런 말은 굳이 꺼내지 않았다.

"어딜 가겠다는 거야?"

마침내 대꾸할 생각이 들었는지, 남자가 담뱃재를 튕기며 웃었다. 가는 게 아니라 그냥 이 상태로 심판이라도 받는 걸까, 아니면 그동안 당연히 생각했던 시공간의 개념이라는 게 아예 없을지도 모르지, 나는 죽은 뒤에야 상상력이 풍부해진 것 같았다.

"그럼, 이제 전 어떻게 되나요?"

"저 가련한 시체를 발견한 누군가가 신고를 할 테고, 현장에 도착한 구급대가 실어 가겠지. 피곤함에 찌든 의사한테 사망 선고를 받고 주변 지인한테 부고 연락이 갈 거야. 어때. 장례식에 손님은 많이 올 거 같아?"

남자가 마치 대단한 사실이라도 설명하는 양 으스댔다.

"나는 이미 식어버린 육체 따위에는 미련 없어요. 내가 궁금한 건, 지금의 나예요. 그쪽이 하는 일이 그런 거 아닌가요? 망자에게 길을 안내하고…."

"위대한 죽음의 심판을 받아 천국에 갈지 지옥에 갈지 거처를 정하는 뭐 그런 걸 말하는 거야? 보기보다 순진한 구석이 있네."

남자의 낄낄거리는 웃음소리가 거슬려 미간이 절로 찌푸려졌다. 내 표정 때문인지 곧 웃음을 지운 남자가 담배 한 개비를 더 꺼내 입에 물었다.

"말했잖아. 널 데려가려고 안달이 난 그 녀석은 못 올 거야. 지금쯤 내가 만든 허상 속에서 네 영혼을 찾고 있을 테니까. 하지만 그편이 너한테도 좋을걸. 고맙다는 인사는 나중에 받도록 하지."

"그러면 당신은 뭐죠?"

"나에 대해선 차차 알아가고. 너에 대해 궁금한 것 아니었어?"

나는 대답 대신 고개를 끄덕였다. 의지할 사람이 이 남자뿐이라니 아쉬웠지만, 자비로운 죽음이 그나마 의지할 누군가라도 보내주었다는 것에 감사해야 했다.

"넌 수천 년 만에 세상에 나온 나의 선택을 받았다. 왜 자신을 선택했냐는 그런 뻔한 질문은 사양할게. 그건, 그냥 단순한 거야. 난 갓 죽은 영혼이 필요했고, 마침 네가 죽었거든. 끝."

"갓 죽은 영혼은 꽤 많았을 텐데요. 아니, 그건 됐고. 좋아요, 선택받은 다음에는요? 난 좀 쉬고 싶네요."

영혼도 피곤할 수 있는 걸까? 나는 모든 사유를 멈추고 그대로 사라져 버리고 싶은 충동에 휩싸였다.

"네가 나랑 일 하나 같이 해줘야겠어."

"거절이 가능한 제안인가요?"

"멍청하진 않은 것 같네. 괜히 멍청한 인간을 골랐다가 이런 저런 말이 나오면 곤란하거든. 그래, 거절은 불가하다."

"제가 얻는 건요?"

특별히 바라는 것은 없었다. 하지만 죽음 이후에도 쉬지 못하고 일을 해야만 하는 기구한 영혼은 마땅히 대가를 물어볼

자격이 충분했다.

"너? 잘 해내면, 글쎄. 살려줄까?"

"이미 썩어빠진 몸뚱이로 부활할 마음은 없어요."

"우습군. 어쨌든 너에겐 무조건 이득이라는 것은 장담하지."

"뭘 해야 하나요?"

"별것 없어. 그냥 나중에 작은 꽃 한 송이만 내게 주면 돼."

"그건 은유 같은 건가요?"

"아니. 그냥 꽃."

나는 남자의 말에 피식 실소했다. 나에게 바라는 것이 꽃이라니. 꽃은 우리 둘 중 누구와도 어울리지 않았다.

"꽃이요? 좋아요. 제가 줄 수 있다면 기꺼이요."

"분명 주게 될 거야."

남자가 처음부터 끝까지 의뭉스럽게 구는 까닭에, 나는 슬슬 그와의 실랑이가 지루하게 느껴졌다. 차라리 하라는 대로 해버리는 게 죽은 내 몸을 내려다보며 계속 서 있는 것보다는 나을 것 같았다.

남자는 내 대답이 만족스러웠는지 검은 가죽 장갑을 낀 손을 내밀며 악수를 청했다. 곧고 단단해 보이는 손이었지만, 그 손을 잡는 것이 선뜻 내키지는 않았다. 그러나 결정을 물릴 수 없다는 듯, 남자가 우악스럽게 나의 손을 잡아 흔들었다.

심연의 꽃

"오케이, 딜."

남자의 붉은 머리카락이 바람을 타고 부드럽게 휘날렸다. 이윽고 훨씬 더 거세진 바람을 타고 나의 몸이 공중으로 떠올랐다.

2.

언제 정신을 잃었던 걸까, 나는 무거운 몸으로 눈을 떴다. 영혼에도 무게가 있던가, 그런 생각을 하니 무겁다는 느낌이 생경하게 느껴졌다.

"일어났군."

책상에 걸터앉은 붉은 머리의 남자가 나를 내려다보고 있었다. 정신이 돌아오자 주변의 소음이 들리기 시작했다. 엎드려 있던 몸을 일으켰다. 나의 눈에 익숙한 듯 낯선 장소가 보였다. 녹색 칠판, 교탁, 급식을 받으며 조잘대는 학생들….

"인간들은 참 이상해. 그깟 음식이 얼마나 대단하다고 점심시간이면 저렇게 날뛰는 거야? 그리고 이 학교는 도대체 왜 밥을 교실에서 먹는 거지?"

남자가 주머니에서 손수건을 꺼내 코를 막았다.

"여기는…?"

"우리가 일하러 온 곳이지."

"정확히 무슨 일인지 설명을 못 들었습니다만."

"아, 그렇지. 간단히 말하자면 나랑 너는 앞으로 세 명의 인간을 만날 거다. 그들의 삶 속에서 가장 영향력 있던 기억을 들여다보고, 판결을 할 거야. 유죄인가, 아니면 무죄인가."

"꼭 판사라도 되라는 말처럼 들리네요. 하지만 내가 무슨 자격으로요?"

"나에게 선택받은 자격으로, 맞아. 넌 판사가 되는 거야. 참고로 그들 눈에 우리는 안 보이니, 넌 너 자신을 '보이지 않게 지대한 영향력을 미치는 존재' 정도로 생각하면 돼. 어때, 멋지지?"

남자의 입술이 호선을 그리며 올라갔다. 나는 그의 요구에 기가 막혔다. 이해할 수 없는 일은 그냥 받아들이는 게 빠르다는 나의 신조조차도 이 남자 앞에서는 무용했다.

"판사든 뭐든, 그래요. 내가 판결했다고 쳐요. 무죄라면 모르겠지만, 유죄라면요. 그 사람들은 어떻게 되는 건가요?"

"영혼이 벌을 받겠지. 질문은 이쯤하고, 이제 일을 좀 시작하면 어떨까 하는데? 자, 첫 번째 피고인이다."

남자는 검지를 자기 입술 앞으로 가져갔다. 쉿, 잘 보라고. 남자가 속삭였다.

심연의 꽃

고등학교 2학년 교실, 반 아이들이 경멸의 눈으로 이 분단 셋째 줄에 앉은 소녀를 흘겨보았다. 긴 머리를 하나로 질끈 묶은, 낡은 교복을 입은 아이는 죄라도 지은 듯 고개를 숙이고 있었다. 그 소녀가 나의 첫 피고인이라는 사실을 말해주지 않아도 알 수 있었다. 이 공간이 온통 그 애를 중심으로 돌아가고 있었으니까.

얼굴에 새하얗게 분칠을 한 여자애가 자리에 앉아 있는 소녀의 머리 위로, 한 국자 가득 퍼 온 뜨거운 국물을 쏟아부었다. 소녀의 얼굴로 국물이 흘러내리고 차마 떨어지지 못한 미역은 이마에 붙어 달랑거렸다.

남자가 손가락을 튕겼다. 그러자 소녀의 시간이 멈추었다.

"저 애 말이야, 살인자거든. 뭐 직접 죽인 건 아니라 조금 애매한 구석이 있어서, 저 애의 신상에 네 판단이 중요할 거야."

"저 애가 살인자라고요? 게다가 학교에서 저런 일까지 아무렇지 않게 당한다는 게 말이 안 되잖아요."

"글쎄."

나의 말에 남자가 무감각하게 답하며 교실 뒤 벽에 몸을 기댔다. 영화를 감상하듯 흥미로운 눈빛이었다. 나는 나를 짓누르는 무거운 책임감에 눈을 질끈 감았다. 아니 감고 싶었다. 하지만 나의 몸 어떤 부분이든 내 생각을 전혀 따르지 않을 생각인지 마음대로 움직일 수 없었다. 나의 체념과 동시에 소녀의 시간은 다시 흐르기 시작했다.

"우리 쓰레기 배 많이 고프지? 얼굴에 붙은 거라도 먼저 먹어."

소녀의 머리에 국물을 쏟아부은 여자애가 다정하지 못한 행동을 하며 퍽 다정하게 말했다. 여자애와 함께 주변을 둥글게 에워싼 무리가 국을 뒤집어쓴 소녀를 보며 피식피식 웃음을 터트렸다. 소녀가 고개를 숙였다.

"뭐야? 왜 그대로 굳었어. 재미없게."

눈물인지 국인지 모를 액체가 소녀의 얼굴을 타고 흘러내렸다. 소녀는 공허한 눈동자로 여자애의 눈을 똑바로 마주했다.

"오, 눈빛!"

"또 네 남친한테 가서 고자질하려고?"

"근데 쌤이 예전처럼 바로는 못 올걸? 아 맞다. 잘렸으니까 이제 쌤 아니네. 실수!"

귓가를 파고드는 악담 때문인지, 축축해진 교복 때문인지 소녀의 몸이 덜덜 떨렸다. 그 모습을 보며 여자애와 그 무리가 낄낄 웃었다.

"왜? 기분 나빠? 내가 잘못했네. 어려운 친구는 잘 감싸줘야 하는데. 그치, 얘들아. 내가 나쁜 년이지? 근데 뭐라고 불렀더라. 그, 보호 가정? 보호 청소년?"

심연의 꽃 *˙*

"그냥 고아 아니야?"

입만 삐죽 내밀며 우는 척을 하는 여자애와 함께 무리가 뒤돌아섰다. 그 순간, 반으로 뛰어 들어온 다른 애가 소리쳤다.

"야 야, 대박! 국어 쌤 자살했대! 지금 경찰 오고 난리 남!"

"진짜? 어떡해. 소름 돋아."

웅성거림이 커다란 소음이 되어 교실을 가득 채웠다. 그리고, 소녀는 정신을 잃었다.

주위가 암흑으로 변했다. 남자와 나는 어둠에 몸을 맡긴 채 우주 공간을 유영하듯 떠 있었다. 나는 방금 본 장면이 잊히지 않아 한동안 아무 말도 할 수 없었다.

"어때, 더 볼래? 아니면 유죄인지 무죄인지 결정했어?"

남자가 물었다.

"그 순간만 보고 결정을 내리라고요?"

"충분하지 않아?"

"그 애가 죽인 게 아니잖아요."

"응. 말했잖아. 직접 죽인 건 아니야. 하지만, 깊은 관련이 있지."

남자가 손짓하자 어둠 위로 마녀의 것처럼 생긴 거울이 떠올랐다. 거울은 소녀의 기억을 보여주었다.

"사실 그 청년은 아주 괜찮은 선생이었어. 초임 교사로 발령받은 학교에서 우연히 어려운 환경에 있는 소녀를 알게 되었고, 여러모로 잘 챙겨주었지."

"그런데요?"

남자가 손가락으로 거울을 휘저을 때마다 소녀의 기억이 계속해서 바뀌었다.

"어느 날, 소녀가 선생을 따로 불렀어. 외곽에 있는 낡은 모텔로 말이야. 그런데 사진이 찍힌 거야. 학교 홈페이지는 물론 교육청, 소녀가 속한 사회복지팀까지 모두 그 사진만 보고 청소년 추행으로 사건을 밀어붙였어. 주위에서 소녀를 설득하기 시작했어. 결정적으로 뒤집을 수 있는 증거가 없는 이상, 선생의 형량을 줄일 방법은 딱 하나라고. 서로 사랑해서 그랬다고 인정하면 정상참작이 될 거라고 말이야."

"그래서 소녀는 그렇게 했나요?"

"맞아. 사실과는 다른 진술이었지. 실제로 선생을 모텔로 부른 건 그 소녀가 아니거든. 아까 봤었던 그 애들이었어. 그날도 방을 하나 잡아서 소녀를 험하게 괴롭혔어. 그때 휴대전화를 뺏어서 선생을 불러냈지. 이상하게 느낀 선생은 정말로 모텔에 갔고, 거기서 쓰러져 있던 소녀를 부축해서 빠져나왔던 거야."

"하지만…. 결국 모든 일이 돌이킬 수 없게 되었군요."

"그래. 그리고 선생은 젊은 나이에 명을 달리했지. 소녀는 그 이후 썩 좋은 삶을 살진 못했어. 소녀 대신 선생이 살았다면 그 삶이 더 가치 있었을지도 모르지. 이게 사건의 전말이자 결말이야. 어때, 네 생각에 소녀는 유죄야, 무죄야?"

다짜고짜 죄를 묻는 남자의 목소리는 그의 검은 눈동자만큼이나 단호했다. 어쩌면 그는 이미 판결을 한 것 같았다. 내가 쉽사리 대답하지 않자, 담배를 입에 문 남자가 허공에 손가락을 튕겼다. 그러자 어둠 속에서 하나의 형체가 둥둥 떠다녔다. 피범벅이 된 소녀였다.

"구원받지 못한 소녀의 영혼이야. 자기 스스로 유죄를 선고했거든. 끔찍하지."

소녀를 보자 나는 마치 내 몸이 난도질이라도 당한 것처럼 고통스러웠다. 소녀가 느끼는 고통이었다.

"소녀는 마음속으로 자신을 몇 번이고 죽이고 또 죽였어. 하지만 차마 진짜 죽진 못했지."

남자가 말했다.

"그건 두려워서가 아녜요. 벌을 준 거예요, 스스로한테. 죽지 않고 살면서, 그 모든 책임을 짊어지면서. 그래야 마땅하다고 믿었을 테니까요."

나는 소녀 대신 남자에게 항변했다. 그러자 어둠을 유영하던 피투성이 소녀는 그 자리에 쪼그려 앉아 어깨를 들썩였다. 소녀의 어깨에 손을 얹자, 앙상한 어깨가 부서질 듯 가늘게 떨렸다.

"잘못했어요. 미안해요…."

"…괜찮아."

소녀가 나의 품에 안겼다. 나의 눈물이 톡톡 소녀의 머리 위로 떨어졌다. 눈물이 소녀가 뒤집어쓴 핏물을 씻겨냈다.

"미안해요…."

"괜찮아…. 괜찮아…. 네 잘못이 아니야."

나는 판결했다. 소녀는 무죄였다.

3.

"브라보! 잘했어. 봐, 할 수 있잖아?"

손뼉을 치던 남자는 습관처럼 담배에 불을 붙이고 숨을 길게 들이쉬었다. 나는 그의 말을 특별히 부정하지 않았지만, 이 상황이 무척 거북했다.

"이상해요."

"뭐가?"

"전혀 죄를 짓지 않았잖아요, 그 애. 그런데 왜 재판을 받아야 해요?"

"그것까지는 설명하기 좀 어려운데. 어쨌든 너도 누군가, 네 영혼을 판결해 주길 기대했잖아? 그런 거랑 비슷한 거라고 해 두지. 소녀도 자신의 영혼이 구원받기를 바랐으니까."

남자가 예고도 없이 담배 연기를 내 얼굴로 훅 내뿜었다.

콜록, 콜록.

매캐한 냄새 속에서 눈을 떴다. 담배 연기를 얼굴에 내뿜는 무례함이 짜증 났지만, 그 무례함을 신경 쓸 겨를이 없었다. 내 주변을 감싸는 연기로 눈이 맵고, 숨이 막혔다. 쉴 새 없이 기침이 터져 나왔다.

콜록, 콜록.

나를 감싸고 있는 연기는 담배 연기 따위가 아니다. 불, 이건 분명 불에서 시작된 것이었다.

캑캑거리는 목소리로 누군가를 애타게 부르는 소리가 들렸다. 아직 앳된 목소리는 너무나도 청량해서 절대로 이 끔찍한 곳과 어울리지 않았다. 나는 정신이 혼미했다. 그 순간 나의 귓가에 남자가 속삭였다.

"이봐, 너무 깊게 동화되지는 말라고."

그와 동시에 나를 뒤덮은 매운 연기가 사라졌다. 남자가 앞을 보라는 눈짓을 했다. 그곳에서 또 다른 기억이 펼쳐지고 있었다. 두 번째 피고인이었다.

"언니! 언니!"

"나, 여기, 있… 어…. 피… 해."

연기에 목이 잠겨 소리가 잘 나지 않았다. 어서 나가, 너 먼저 피해. 여자는 동생에게 그렇게 말하고 있었다.

"나가…. 나… 가."

"언니! 같이 가. 나 잡아."

"제발…, 가…."

여자의 정신은 또렷했지만, 몸이 말을 듣지 않았다. 여자의 흐릿한 눈에 무너지기 직전의 천장이 보였다. 제발 나가. 제발. 제발. 나는 처절하게 울려 퍼지는 여자의 속마음을 들으며 주먹을 꼭 말아쥐었다.

다음 순간 장면이 바뀌고, 여자가 병원 침대에서 눈을 떴다.

"며칠이니까 잘 돌볼 수 있다고 해서 보냈더니 결국 이 사달이 났어요. 아휴, 이게 다 무슨 일이야."

"조사는 해봐야 알겠지만, 아무래도 건물이 낡아서 대부분이 타버렸으니 시간이 걸릴 것 같습니다. 혹시라도 그…. 자살 시도 가능성은 없을까요?"

여자가 깨어난 것을 알지 못했던 보육원장이 여자의 발치에서 경찰과 이야기를 나누고 있었다.

"얘가 보육원을 나가고 바로 취업해서 잘 지내는 줄만 알았지 나는. 자기가 힘든 일이 있다고 해도 아끼던 동생을 그렇게 데려가려고 했을까 싶다만, 혹시 또 모르지요…."

대화를 듣고 있던 여자의 감은 눈에서 눈물이 쉼 없이 흘러내렸다. 호흡기를 착용한 여자의 숨이 가빠오자, 시끄러운 기계음이 울렸다. 의사와 간호사가 뛰어 들어왔다.

불편했다. 나는 내가 마치 침대 위에 누워있는 여자인 것처럼 불편해서 양손으로 나의 목을 감싸 쥐었다. 남자가 엄지와 검지를 튕겼다. 시간이 멈춘 공간은 고요했다.

"저 여자 집에서 화재로 동생이 죽었어. 친동생은 아니지만 무척 가까운 사이였지."

"그건 저 여자의 잘못이 아니잖아요. 더 볼 필요도 없네요."

"하지만 저 여자의 영혼도 구제 불능 상태야. 화재가 일어나기 전의 기억을 보여주지."

남자의 말이 끝남과 동시에 눈앞의 공간이 블랙홀에 휘말려 들어가듯 구겨졌다가 펼쳐지기를 반복했다. 시간을 거슬러 올라가는 동안, 마치 내 것처럼 여자의 기억이 선명하게 떠올랐다. 노래방, 넘어진 양주병, 어지러운 조명 같은 기억의 조각들이 휘몰아쳤다.

"그날 죽은 애는 여자와 같은 보육원에서 살던 동생이었지. 이제 고등학교에 입학할 나이였을 거야. 동생이 오기로 한

날, 여자는 도우미 일을 하고 술에 잔뜩 취한 채로 집에 들어왔어."

"여자의 기억이 생생해요. 그건, 고등학교에 입학하는 동생한테 용돈이라도 주고 싶어서 한 일이었어요. 여자는 단돈 천 원이 없어서 굶어야 했던 날도 많았어요. 여자는…. 그래서 처음으로 그 일을 한 거예요."

"불이 나서 다 타버리는 동안, 동생이 여자를 깨우러 오는 동안, 그 여자는 취해서 제대로 몸도 가누지 못했지. 만약 일을 하지 않았다면, 아니 적어도 술을 마시지 않았더라면 둘 다 무사히 피할 수 있었던 사고였어."

"가엽게도 어린 동생이 목숨을 잃었어요."

"그래. 하지만 저 여자는 혼자서 살아남았지. 그래서 자신의 영혼에 스스로 유죄를 선고했어. 자, 그러면 우리도 이제 판결하자고. 여자는 유죄인가, 무죄인가."

가슴이 미어질 듯 아픈 나와는 달리 남자는 자신의 붉은 머리만큼이나 차분하고 냉정했다. 그의 냉기에 나는 이상하게 분노가 치밀었다.

"하지만 여자는…!"

"그래, 여자는?"

"…무죄예요."

나는 또 한 번의 무죄 선고를 내렸다. 지금까지 나를 밀어붙이던 남자가 아무 일도 없었다는 듯 싱긋 미소 지었다.

"좋아. 계속하지. 마지막이야."

그 웃음 뒤에는 분명 더 많은 것이 감춰져 있을 것이다.

4.

"여긴 뭐 하는 곳이지?"

"목욕탕이네요."

시골 동네마다 하나씩 있을 법한 목욕탕이었다. 원래의 색을 잃고 누렇게 변한 사물함 번호와 한쪽 끝에 녹색 테이프를 칭칭 감은 나무 평상은, 목욕탕이 꽤 오랜 시간 자리를 지켜왔음을 말해주었다.

"우리의 마지막 피고인이 이제 곧 나타날 거야."

남자의 말이 끝나기가 무섭게, 눈 밑이 거뭇하고, 비쩍 마른 젊은 여자가 목욕탕에 들어왔다. 대학생쯤 되어 보이는 여자는 제 몸집보다 훨씬 커 헐렁거리다 못해 거적을 두른 것처럼 보이는 회색 티셔츠와 계절에 맞지 않는 얇은 바지를 입고 있었다. 그 모습에 기시감이 들었다.

여자가 매고 온 짐은 목욕 가방이라고 하기에는 컸지만, 여행 가방이라고 하기에는 작아 보였다. 그것이 여자가 가진 전부라는 것을 나는 직감했다.

헐벗은 여자는 비쩍 마른 몸을 낡은 수건으로 가리며 목욕탕으로 들어갔다. 거울이 없어 아무도 앉지 않는 자리에 앉아, 익숙한 순서로 몸을 씻었다. 양치하고, 세수하고, 머리를 감고, 샤워를 마친 여자가 마른 수건으로 대충 몸을 닦았다.

사물함 속 낡은 가방에서 꺼낸 반소매와 반바지를 입은 여자는, 주머니에 속옷을 구겨 넣고 화장실에 가서 빨래했다. 물이 뚝뚝 떨어지는 속옷을 사물함 문에 널어 말리는 동안, 그녀는 사물함 옆 아주 작은 공간에 몸을 웅크리고 눈을 감았다.

나와 남자는 잠이 든 여자를 말없이 내려다보았다.

"별것 없네요. 고작 목욕탕에서 빨래했다는 것이 저 여자의 영혼이 벌을 받아야만 하는 이유는 아니잖아요?."

"그래. 하지만 모든 일은 눈에 보이는 것 이상의 무언가가 있다는 건 잘 알고 있잖아? 시간을 좀 빠르게 돌리지. 몇 년 동안 저 여자는 똑같은 일을 반복해왔으니까."

남자의 가벼운 손짓 하나로 단 몇 분 만에 여자의 시간은 몇 년이 흘렀다. 그의 말은 사실이었다. 여자는 언제나처럼 무표정으로 한 치의 오차도 없이 움직였다. 빨리 감기 하듯 돌아가는 기억 속에서 그녀는 매번 335번 사물함 키를 받았다. 저녁마다 찾아와 새벽까지 머물다가는 여자를 아는 목욕탕 주인이 의도한 것인지, 아니면 여자가 원해서 받은 건지 알 수 없었다. 아니, 어쩌면 둘 다 맞을 수도 있었다. 낡고 오래된 335번 사물함은 작은 목욕탕 가장 외진 장소에 떨어져 있었다. 피하고 싶고, 숨기고 싶고, 아무도 원하지 않는 신세였다. 꼭 여자처럼.

일과를 마치고 목욕탕에 돌아오면, 여자의 행동은 마치 의식이라도 거행하듯 그 순서는 언제나 틀림이 없었다.

"이제 중요한 날이야."

남자가 손짓하자 시간은 다시 제 속도로 흘러갔다.

나의 시선이 잠깐 남자를 향했지만, 남자는 그저 여자만 바라보고 있을 뿐이었다. 여자는 이번에도 어김없이 비쩍 마른 몸을 낡은 수건으로 가리며 목욕탕으로 들어갔다. 거울이 없는 자리에 앉아, 양치하고, 세수하고, 머리를 감고, 샤워를 끝냈다. 그 순간, 마른 수건을 집어 들었던 여자는 불현듯 수건을 원래 있던 곳에 올려두었다. 그리고 적당한 온도의 탕으로 들어가 몸을 녹이는 작은 사치를 누렸다. 여자의 얼굴에 처음으로 미소가 번졌다.

"이번에는 확실히 다르긴 하네요. 판결해야 할 만한 죄를 지은 날인가요?"

"그날이 가까워졌지."

남자는 고개를 끄덕였다. 갑자기 나의 심장이 강렬하게 요동쳤다. 찰나의 순간, 남자와 나는 목욕탕이 아닌 곳에 서 있었다. 제법 쌀쌀한 겨울 아침이었다. 처음으로 여자의 다른 일상을 보게 될까.

"여자는 꾸준히 돈을 모았어. 많은 돈은 아니었지만 떳떳하게 일해서 벌었던 돈이지. 며칠 뒤면 적금이 만기 되는 날이야. 그 돈으로 여자는 작은 전세방을 얻을 생각이었지."

"멋지네요. 대견하고요."

처음으로 불행하지 않은 소식이었다. 나는 그제야 주변을 돌아볼 여유가 생겼다. 밤사이 내린 눈이 쌓인 아침 공원에 겨울의 냄새가 나는 것 같았다. 아침의 공원은 한적했다.

그때, 멀리서 익숙한 인영이 보였다. 여자였다. 여자가 주변을 두리번거리자 정장을 차려입은 남자가 다가갔다. 남자는 자신의 신분을 소개하고, 여자와 몇 마디를 더 나누었다. 여자는 낡은 가방에 들어있는 종이봉투를 꺼내 남자에게 건네고는 연신 감사 인사를 했다. 남자는 여자에게 받은 것을 서류 가방에 챙겨 넣고, 자기 정장 안주머니에서 하얀 봉투를 꺼내 여자에게 내밀었다. 봉투를 확인 한 여자가 환하게 웃었다.

"느낌이 별로예요, 저 남자."

"사기를 당했어, 저 여자. 자신을 검찰이라고 속인 남자한테 자기가 모은 전 재산을 맡긴 것도 모르고 고작 교통비 10만 원을 받으면서 기뻐했지."

"말도 안 돼."

"안타깝게도 이 기억이 여자의 평생 중 손에 꼽을 만큼 행복한 날이야. 10만 원이라는 큰돈을 온전히 자신을 위해 써보기로 결심했거든."

처음으로 자신을 위해 먹고 싶었던 음식을 사 먹고, 갖고 싶었던 옷을 사고, 화장품을 고르며 즐거워하는 여자를 보면서 나는 여자가 진실을 알게 될 순간이 다가오는 것이 숨 막히게 괴로웠다. 그녀는 사실을 알고 어떤 죄를 짓게 될까, 자신의 증오를 다른 사람에게 퍼붓게 될까. 하지만 나의 예상과는 달리 얼마 뒤, 진실을 알게 된 여자는 지나치리만큼 담담했다. 너무 담담한 나머지 그녀는 마치 영혼이 없는 사람처럼 보였다.

여자는 목욕탕을 나서기 전, 평소와는 달리 뜨거운 물에 몸을 담그며 반신욕을 즐겼다. 처음으로 거울을 보며 몸을 씻었다. 머리를 말리고, 자신을 위해 처음 사보았던 선크림과 핑크빛 립스틱을 발랐다. 일이 아주 힘들었던 어떤 날, 우연히 옷가게에 전시된 것을 본 이후 동경하게 된, 롱스커트도 멋지게 차려입었다.

"저 여자는 이제 살인할 거야. 그저 힘없고 약한, 고작 스물여덟 밖에 되지 않은 한 사람의 죽음에 그 모든 괴로움을 떠넘겼지."

남자의 눈이 흔들림 없이 나를 향했다.

5.

나는 죽었다. 아니 자실했다.

내 인생은 금방이라도 거꾸러질 듯이 높고 험한 이 얼음 계단처럼 잔인했다. 스스로 죄를 기억하며, 끝없는 고통을 받는 삶을 살아내라는 벌을 내렸던 내가, 염치없게도 이제는 감히 죽음이라는 영원한 안식을 원했다.

계단 아래로 내려다보이는 한적한 공원에 눈이 쌓이며 평화로운 분위기를 만들었다. 그래 여기라면, 적당하다. 이제 나는 무거운 죄의 짐을 벗어낼 것이다. 내 스스로 짊어진 이 고통을 내려놓을 것이다. 그래, 나의 마지막은 이토록 이기적이구나.

나는 공중으로 발을 내디뎠다. 계단을 구르는 동안 아픔보다 내 볼을 스치는 차가운 바람의 감촉이 더 생생했다.

"내가 자살했어요."
"그래. 네가 그랬어."
나는 다시 차갑게 식은 나의 몸을 내려다보고 있었다.
"그건…. 그 기억은… 전부…."
남자가 담배를 꺼내 불을 붙였다. 남자의 입에서 뿜어져 나온 연기는 금방 사라졌다. 나는 반투명한 몸을 내려다보았다. 벨벳 롱스커트가 마치 바람에 휘날리듯 살랑거렸다.

"어떻게 나는 이 기억을 잊었을까요? 절대 잊어서는 안 될, 절대 잊을 수 없는 죄를요…."

"자살한 영혼은 말이야, 자신을 죽음으로 몰고 갔던 괴로운 기억이 모두 사라지지. 그건 죽음의 선물이자 형벌이야. 어떤 이유에서든 자신을 용서하지 못한 영혼은 구원받을 수 없어. 그러니 자살을 택한 자는 구원의 기회조차 얻지 못하고 지워버린 기억과 함께 영원히 소멸하는 거야."

"너무… 힘들었어요…. 그냥, 아무 걱정 없이 푹 자고 싶었어요. 단 하루라도."

"그래."

"스스로 선택해서 계단을 굴러떨어지는 순간 제일 웃겼던 건, 그 순간에 내가 죽기 싫다고 생각했다는 거예요. 이렇게 허무하게 나를 버리기 싫었어요."

"그래서 내가 왔다."

남자의 말에 이전에는 없던 온기가 느껴졌다. 나와 남자는 내가 굴러떨어지길 선택한 그 계단을 함께 내려다보고 있었다. 어떤 위로의 말도 하지 않았지만 나는 그것으로 충분했다. 이제 나의 죽음을 받아들일 수 있을 것 같았다. 그 순간, 남자가 물었다.

"자, 이제 마지막 질문이다. 여자는, 아니 너는, 유죄인가 무죄인가."

강인영

스쳐 가는 기억은 아팠지만 슬프지 않았다. 오히려 살아있을 때는 늘 나의 숨을 조여왔던 죄책감이 더는 느껴지지 않았다.

남자는 묻고 있었다. 내가 나를 용서 할 수 있겠느냐고.

"나는…."

나는 붉은 머리 남자의 깊고 검은 눈, 곧 나의 심연을 마주했다. 수천 년과 같은 찰나의 시간이 흘렀다. 마침내 나는 그의 질문에 답하기 위해 입을 열었다.

"나는…."

"무죄예요…. 나는 무죄예요."

나는 울고, 남자는 웃었다. 하지만 남자의 웃음은 지금까지와는 달랐다. 그 미소는 부드럽고, 애틋하고, 따뜻했다.

"이제 너한테 꽃을 받아 가야겠다. 그걸로 우리 일은 끝이야."

남자의 처음 조건이 생각났다. 작은 꽃 한 송이를 달라고 했던가. 하지만 나는 여전히 아무것도 가진 것 없는 빈손이었다.

"보시다시피 난 줄 게 없어요. 미안해요. 정말 주고 싶지만, 예전이나 지금이나 가진 것이라고는 이 영혼뿐이에요. 가졌다고 표현하는 게 맞을지도 모르겠지만요."

심연의 꽃

"아니, 틀렸어."

남자가 손짓했다. 짐짓 거만한 몸짓에도 남자의 말에는 거부할 수 없는 힘이 있었다. 나는 그의 앞으로 발걸음을 옮겼다. 가까이서자 나보다 키가 두 뼘은 더 큰 남자가 나를 내려다보는 위치가 되었다. 남자는 뒤로 넘겨진 나의 머리카락을 손으로 빗어 내렸다. 가슴 앞으로 단정하게 내린 나의 머리카락이 어느새 짙은 보랏빛으로 물들어있었다.

"자, 저길 봐."

남자의 시선 끝에, 쓰러진 육신의 심장을 뚫고 말갛게 피어난 한 송이 꽃이 있었다.

"네 영혼이 치유와 회복으로 피워낸 심연의 꽃이다."

꽃이 품은 영롱한 보랏빛이 아름다워서 나는 한동안 눈을 떼지 못했다. 그런 나를 보는 남자의 시선이 퍽 다정했다.

"당신에게도 부디 꽃이 도움이 되길 바라요."

"이 꽃은 자살한 영혼도 기회만 있다면 회복할 수 있다는 걸 증명했어. 앞으로 수많은 영혼이 너처럼 다시 기회를 받게 될 거다."

남자가 조금 먼 곳에 떨어져 이쪽을 주시하는 형체를 바라보며 말했다. 나는 언제부터 그곳에 있었는지 모를 검은 로브를 뒤집어쓴 남자를 힐끗 훔쳐보았다.

"당신이 따돌렸다는 남자는 나의 영혼을 소멸시키려던 자였군요."

"이걸로 너와 나 모두 목적을 이루었으니 우린 꽤 괜찮은 파트너였어, 안 그래?"

"정말, 고마워요."

남자가 처음 만났던 그때처럼 씩 웃으며 장갑 낀 손을 내밀었다. 나는 망설이지 않고 그가 내민 손을 잡았다.

"이제는 살아라. 살면서 그토록 바랬던 행복이라는 것도 느껴 봐. 고통과 후회, 죄책감은 꽃을 피우는 것에 쓴 것만으로도 이미 충분해."

남자의 말을 끝으로, 시리도록 맑은 겨울 하늘에 보랏빛 꽃잎이 휘날렸다. 나는 정신이 아득해지는 것을 느끼며 편안히 눈을 감았다. 처음으로 아무 걱정 없이, 깊은 잠을 자고 일어날 수 있을 것 같았다.

성인용품

윤새품

윤해율 작가의 딸 윤새품입니다.

글을 쓰기를 바라셨던 부모님의 마음과는 반대로 제가 원했던 공부를 하다가 작가의 길에 서게 되었습니다.

멀리 돌아온 길이 아니라 가야 할 길을 걸었다고 생각합니다. 그래서 지금은 고인이 되셨지만 사랑하는 아빠의 딸로 저 자신을 소개하고 싶습니다.

> 성인용품(成人用品)의 품(品)은 물건을 뜻하나, 성품(性品)에도 쓰이는 한자이다. 어린 동희는 아빠가 성인용품 가게를 운영하는 것이 알려져 삶에 큰 변화를 맞는다. 과연 동희는 어떤 성품을 갖추며 어른이 되어갈까?

"동희가 오늘도 수고가 많구나."

오늘도 동희는 선생님의 심부름으로 교무실에 왔다. 언제나 밝게 웃고 다니는 동희를 좋아하지 않을 선생님은 없을 것이다. 제 또래에 비해 꼼꼼하고 어른스러운 동희는 오늘도 선생님의 심부름으로 분필을 가지고 교실로 돌아갔다. 그런 동희의 하교 시간은 아직은 쌀쌀한 바람이 부는 5월 수돗가에서 마무리된다. 동희가 걸레를 수돗가에서 빨고 있었다.

"어머, 동희야! 아직 청소가 안 끝났니? 아까 분명히 종례했던 거 같은데?"

"선생님, 창틀을 닦았던 걸레가 너무 더러워서 빨고 가려고요. 요것만 하고 저도 갈 거예요."

성인용품

"아이구, 우리 동희가 또 수고가 많구나. 선생님이 함께 도와줄게."

"아니에요. 이제 이것만 짜고 저도 바로 갈 거예요."

"그래, 그럼 얼른 들어가렴."

"네."

교무실로 향해 가시는 선생님의 얼굴에 동희에 대한 기특함이 가득 묻어나 있다. 그 기특함이 11살 동희의 집을 가는 걸음에도 느껴진다. 집으로 돌아가는 동희의 하굣길에는 많은 생각이 담겨 있다. 공사 중인 하천을 지나면서, 8살 때 생각이 났다. 1학년 2학기 전학 온 첫날 아침, 등굣길은 엄마가 데려다 주었지만 하굣길은 혼자 가야 했다. 낯선 곳을 헤매다 갑자기 오줌이 마려웠던 동희는 길을 찾지 못해 이 하천을 지나가며 바지에 오줌을 쌌었다. 순간 당황했지만 입고 입던 외투를 허리에 둘러 멋지게 집으로 왔던 자기를 생각하며, 스스로를 대견스럽게 여기며 길을 걷고 있는 11살 동희이다.

'그때 당황했지만, 멋지게 옷으로 가리고, 난 참 대단한 거 같아.'

동희는 주택의 반지하 셋방에서 살고 있다. 들어가면 가느다란 부엌 겸 거실을 지나, 엄마가 누워있는 방이 있다. 엄마는 평소 몸이 좋지 않았지만, 작년부터 몸이 이유 없이 아파 거의 하루 종일 누워 있었다.

"엄마, 다녀왔어요."

핏기 없는 혈색의 동희 엄마는 흐릿한 초점으로 동희를 바라보며 말했다.

"우리 동희 왔구나."

"네. 다녀왔습니다."

동희는 가방에서 책을 꺼내며 밥상에다가 펼쳐 놓는다. 동희 엄마는 다시 기운이 없어 눈을 감고 잠든 것 같은데, 동희는 아랑곳하지 않고 신나게 이야기를 시작했다.

"엄마, 오늘 숙제는 부모님의 직업에 대해 알아보고 자기의 장래희망도 같이 발표하는 거예요. 난 솔직히, 아빠가 장사를 하지만, 무엇을 하는지 잘 몰라요. 이번에 자세히 물어봐야겠어요. 난 이번 숙제를 생각하는 것만으로도 신이 나요. 내가 무엇을 하고 싶은지 알아요? 나는요 의사가 되고 싶어요. 우리처럼 병원에서 치료받기 어려운 사람들을 도와주는 의사가 되고 싶어요. 물론 내가 훌륭한 의사가 되면 제일 먼저 엄마를 치료해 줄 거예요. 지희가 그러는데 지희도 장래희망이 의사래요. 그런데 의사가 되려면 공부를 많이 해야 한대요. 사람을 고치려면 많은 공부가 필요한가 봐요. 저는 이렇게 쓰려고요. '저는 커서 의사가 되고 싶습니다. 저희 엄마는 제가 2학년이 끝날 때쯤부터 많이 아프기 시작했어요. 엄마의 밝게 웃는 얼굴을 다시 보고 싶어요. 그래서 저는 의사가 되어서 엄마도 고쳐주고, 엄마처럼 아픈 사람을 고쳐주고 싶어요. 그러면 저처럼 엄마가 아픈 어린이들도 행복할 수 있을 것 같아요.'라고요. 멋지죠? 아빠 오면 아빠한테도 얼른 물어봐야지."

 동희 아빠는 늦은 시간에 들어오신다. 다음날 동희는 학교 가기 전, 동희의 도시락을 싸고 있는 아빠에게 물었다.
 "아빠, 나 학교 숙제가 부모님의 직업에 대해 알아보고 발표하는 거예요."
 "직업?"
 동희 아빠는 분주히 동희 도시락을 싸다 멈칫하더니, 이내 도시락을 싸면서 말을 이어갔다.
 "아빠는 장사를 하잖아. 장사한다고 해."
 "무슨 장사라고 해야 해요? 자세히 알려줘야 내 꿈하고 같이 생각해 볼 수 있어요."
 "뭘 파냐고?"
 "네."
 방 건너 구석에 누워 있는 동희 어머니의 기침 소리가 들려왔다. 동희 아빠는 기침소리가 나는 쪽을 바라보며 도시락을 정리하고, 방으로 들어가며 말했다.

"서로 사랑을 할 수 있도록 도와주는 일을 한다고 해."
"사… 랑?"

동희는 도대체 아빠가 무슨 장사를 하는지 짐작할 수도 없었다. 하지만 분명 '사랑'이라는 단어는 어린 동희에게 있어서 가장 가치 있는 단어 중 하나였다.

수업 시간. 선생님께서 동희를 부르셨다.
"자, 그러면, 이제 박동희 차례지? 동희 나와 볼래?"
"네."

약간은 상기된 얼굴과 살짝은 가벼운 발걸음으로 동희는 교실 앞으로 나갔다.

"저희 아빠는 사랑을 파는 장사를 하십니다. 그 사랑을 저에게도 파셨는지 저에게도 사랑이 많습니다. 저는 커서 의사가 되고 싶습니다. 저희 엄마는 제가 2학년이 끝날 때쯤부터 많이 아프셨습니다. 저는 마음이 힘들고 슬펐습니다. 제가 의사가 되어서 엄마의 병도 고쳐주고, 엄마처럼 많이 아픈 사람을 고쳐주면 저처럼 마음이 슬펐던 친구들에게도 기쁨을 줄 수 있다고 생각합니다. 저도 아빠가 파는 사랑을 잘 전달하는 의사가 되고 싶습니다."

선생님께서는 동희에게 약간은 이해가 안 가는 표정을 하며 물으셨다.

"사랑을 파신다고? 어떻게 사랑을 파시지? 방법이 궁금해지네."

"네, 아빠는 장사를 하시느라, 집에 저녁 늦게 오시는데, 오늘 아침에 여쭈어보니 서로 사랑을 할 수 있도록 도와주는 일을 하신다고 하셨습니다."

"사랑을 할 수 있도록 도와주신다고? 결혼 업체 같은 일을 하시나 보다. 그래서 우리 동희가 진짜 사랑이 많은 친구인가 보다. 좋아요. 동희가 멋진 의사가 되어서 동희 어머님도 얼른 건강해 지셨으면 좋겠다. 자, 박수. 다음에는 형태가 나와 볼까?"

동희는 선생님의 격려를 받고, 친구들의 박수를 받으며 기분 좋게 자리로 돌아왔다. 쉬는 시간 개구쟁이 형태가 동희에게 왔다.

"야, 똥희!"

"그렇게 부르지 말라고 했지?"

"너네 아빠가 사랑을 할 수 있도록 도와준다고 했지?"

"그래서?"

"우리 고모가 아직 결혼을 못 해서, 아빠가 좋은 사람 소개해 주고 싶어 하시거든. 너네 아빠한테 부탁해도 돼?"

"글쎄, 나는 아빠가 늦게까지 일하셔서, 말할 시간은 없는데, 토요일에 한번 물어볼게."

"그래. 우리 고모 사랑할 수 있도록 네 아빠가 도와주었으면 좋겠다."

"응. 으흐."

주말 아침, 동희는 일어나서 아빠와 함께 아침을 준비하고 있었다. 아침 식사를 준비하면서 아빠의 눈치를 살피는 동희이다.

"아빠, 나 뭐 부탁해도 돼?"

"뭔데?"

"지난번에 아빠가 사람들이 사랑할 수 있도록 도와주는 일을 한다고 했잖아. 우리 반 친구네 고모가 아직 결혼을 못 했대. 그래서 그 고모가 사랑할 수 있도록…."

"그만, 동희야! 아빠는 바빠서 누구를 도와주지 못 해. 장사하는 것만으로도 바쁘거든."

"아하, 그렇지."

"그러니까, 친구의 이모를 도와줄 수는 없을 것 같아. 알았지? 그리고 아빠가 장사하는 걸로 반 친구들한테 이야기 많이 하지 말고. 도와줄 수 없으니까."

"응, 그럴게요. 그런데 이모가 아니라 고모인데…."

동희는 아빠의 굳어진 표정을 보며, 더 이상 말을 할 수 없었다.

"아빠는 아침 먹고, 오늘 장사 전단지 돌리고 와야 해. 점심에 차려 놓은 거 엄마 챙겨드리고. 알았지?"

"네."

 급히 아침을 먹은 동희 아빠는 낡은 가방에 종이 전단지를 수북이 담아 장갑을 끼고 나가셨다. 동희 아빠는 18살 때 엄마와 공장에서 만났다고 한다. 그곳에서 같이 살며 동희를 갖게 되었다고 했다. 동희 엄마는 동희를 임신한 채로 동희 아빠와 함께 공장에서 일을 했는데, 어느 날 동희 아빠의 손가락이 기계에 빨려 들어가 손가락 대부분이 절단되었다. 왼손은 엄지손가락과 새끼손가락만이 남았고 오른손은 검지와 중지손가락 절반만 잃었지만, 그때의 사고로 남은 손가락도 제대로 움직이지 않았다. 그래서 동희 아빠는 손가락이 불편하고 보기 흉해 외출할 때는 늘 장갑을 끼고 나가셨다. 동희도 아빠의 불편해 보이는 손가락이 싫기도 했지만, 그 손으로 자기의 도시락을 싸주시는 마음에 더 감사했던 기특한 동희였다.

 오늘은 아빠가 저녁 먹기 직전에 들어오셨다. 얼마나 많이 돌아다니셨는지, 불편한 다리로 오래 걸은 탓에 집에 오자마자 신발도 벗지 않고 바닥에 주저앉았다. 아빠의 콧잔등이 까맣게 타 있었다.

"에휴, 힘들다. 힘들어. 날이 굉장히 덥네."

"아빠, 물 좀 드릴게요."

동희는 물 한 잔을 떠와 아빠의 왼손바닥에 올려 드렸다. 동희 아빠는 갈증이 났는지 물을 벌컥벌컥 들이켰다. 하루 종일 전단지를 돌리며 돌아다닌 탓에 허겁지겁 저녁밥을 먹고 다시 장사를 하러 나갔다. 아빠의 낡은 가방 지퍼 틈으로 돌리다 남은 전단지가 보였다. 동희는 삐져나온 전단지를 꺼내 보았다.

"성인… 용… 품? 비밀 보장?"

처음 보는 단어였다. 성인이면 어른이고 용품은 학용품처럼 사용하는 물건이니까, 어른이 사용하는 물건인 건가 하는 생각이 들었다.

"비밀 보장은 누구를 만났다는 것을 비밀로 지켜준다는 것인가?"

전단지에 여러 다른 말들이 있었지만, 동희는 이해할 수 없는 말들뿐이었다. 동희는 분홍색의 전단지에 커다랗게 있는 하트 모양을 보며 웃음을 지었다.

"이걸 형태에게 가져다주면 되겠다. 고모가 손님으로 가서 아빠의 도움을 받으면 되니까. 종이 한 장만 가져가도 되겠지?"

동희는 아빠의 전단지 한 장을 조심스레 가져와 반으로 곱게 접어서 책가방에 넣었다.

성인용품

월요일 아침, 동희는 어느 때보다도 더 힘차고 씩씩하게 학교 가는 길을 서둘렀다. 형태에게 전단지를 선물하기 위해서다.

 형태는 친구들과 이야기를 하고 있었다. 동희는 기회를 봐서 형태하고 둘만 있을 때를 기다렸다. 하루 종일 동희는 언제 형태에게 전단지를 주어야 하는지, 눈치를 살폈다. 학교 수업을 모두 마치고, 반 청소를 하고 집에 갈 무렵이었다.

 "형태야, 축구하고 가자."

 같은 반 준모가 형태에게 말했다.

 "그래, 축구하자."

 서둘러 나가려 하는 형태를 동희가 불러 세웠다.

 "형태야!"

 "어? 왜?"

 "잠깐 나랑 둘이만 이야기할 수 있을까?"

 "오~ 동희 뭐야? 왜, 형태랑 둘이서만 이야기 하는데? 오~ 뭔 일 있는 거야?"

 준모가 동희를 놀리듯이 이야기를 했다.

 "아니, 잠깐 뭐 좀 줄려고. 잠깐만 이쪽으로 와봐."

 "응."

 동희는 가방을 가지고 가, 예쁘게 접어 있는 전단지를 형태에게 몰래 내밀었다.

"이게 뭐야?"

"뭐긴, 우리 아빠 장사하시는 가게 전화번호가 적혀 있어. 여기에 전화해 보라고 해봐. 절대로 나한테 받았다고 하지 말고. 손님으로 가면 네 고모가 결혼할 수 있지 않을까?"

"아, 그때 부탁했던 거구나."

"응. 얼른 받아서 가방에 넣어, 떨어뜨리지 말고."

"아하, 고마워."

"아냐. 이번에 네 고모가 시집갔으면 좋겠다."

"흐흐흐, 고마워. 땡큐."

"응."

동희의 약간 얼굴이 빨개졌다. 누군가를 돕는다는 것은 동희에게 기쁨이 되는 일이었다. 이보다 더 큰 기쁨이 또 있는지 모르겠다. 축구를 하러 뛰어나가는 형태의 뒷모습을 동희는 뚫어지게 바라보았다. 아마도 동희는 전단지에 있는 하트에 동희의 마음을 실어 형태에게 주었을지도 모르겠다.

며칠 후, 형태 엄마는 형태와 함께 등교했다. 형태 엄마가 교실 문을 열어젖히며 대뜸 큰소리를 질렀다. 형태 엄마의 손에는 동희가 건네준 전단지가 들려 있었다.

"이거 준 동희가 누구니? 얼른 나와!"

동희는 갑작스러운 분위기에서 자기 이름이 호명 되자, 놀란 채로 형태 엄마 앞으로 나갔다.

"전… 데요?"

"네가 동희야? 네가 우리 형태한테 이거 줬어?"

동희는 형태 엄마의 손에 있는 아빠 가게의 전단지를 보며 대답했다.

"네."

"이게 얌전히 생겨가지고 발랑 까졌구만. 어린 게 못된 것만 배워가지고."

말을 마치며 형태 엄마는 동희의 머리를 주먹으로 쥐어박았다. 동희는 맞은 머리보다도 친구들 앞에서 이유도 모른 채 화를 받아내는 것이 더 아팠다. 반 아이들은 어수선한 분위기로 수군거리며 서로를 쳐다보았다. 선생님께서 황급히 반으로 들어와 형태 엄마에게 말했다.

"어머님, 무슨 일로 아침부터 이렇게 교실로 오셔서 소란을 피우십니까? 무슨 일이세요?"

"이 발랑 까진 아이 때문 아닙니까?"

"동희요? 동희가 왜요?"

"선생님, 이거 보세요. 글쎄 얘가 우리 형태에게 이것을 전해주었어요. 이거면 고모가 외롭지 않을 거라고 했대요. 형태에게 물어보니, 동희 아빠네 가게라고 하던데, 이게 말이 됩니까? 여학생이 성인용품 전단지를 같은 반 남학생한테 주고!"

화가 잔뜩 난 형태 엄마는 기가 막힌다며 동희를 째려보았다.

"성인용품 전단지요?"

형태 엄마가 전단지를 흔들어 보였다. 여기저기서 다른 아이들이 전단지를 알아보며 말했다.

"어, 나도 우리 집 우체통에 꽂혀 있는 거 봤는데. 나도 우리 엄마한테 물어보니까, 쓸데없는 거라고 하더라. 동희네 아빠 가게였어?"

무슨 말인지는 정확히 알 수 없었지만 동희는 얼굴이 빨개진 채로 자리에 서 있었다.

"어디 어린 것이 벌써부터 까져가지고, 너 밖으로 나와!"

형태가 얼굴이 빨개진 채로 형태 엄마에게 울먹거렸다.

"엄마, 동희가 그렇게 말하지 않았다니까. 내가 부탁한 거야. 난 나쁜 건지 몰랐어."

선생님께서 굳은 표정으로 동희를 부르셨다.

"동희야, 교무실로 오너라. 형태랑 형태 어머님도 교무실로 오시죠. 등교 시간이라 아이들이 곤란해합니다."

동희는 고개를 들지 못하고 푹 숙인 채 교무실로 갔다. 뒤에서 반 아이들과 다른 반 아이들도 모두 나와 동희를 구경했다. 이제까지와는 다른 마음으로 동희는 고개를 들지 못한 채 교무실로 향했다.

교무실에서 한참을 이야기한 후, 1교시가 거의 다 마쳐질 때쯤 동희는 교실로 돌아왔다. 동희가 얼마나 울었는지 눈과 코가 빨갛게 달아올라 있었다. 쉬는 시간에 동희는 아무 말 없이 책상에 고개를 팔로 감싼 채, 누워 있었다. 장난꾸러기 남자아이들이 형태에게도 가고, 동희에게도 가서 놀려댔다. 친구들의 말에 동희는 아무 대꾸도 하지 않고, 고개만 숙이고 들어야만 했다.

"동희야, 진짜야? 니네 아빠가 변태라며?"

"뭐? 변태?"

"그래, 지난번에 형태 엄마가 가져온 전단지를 보며 우리 엄마가 말했어. 이런 거는 변태나 좋아하는 거라고. 관심도 갖지 말라고. 그런데 니네 아빠가 파는 거라며? 그러면 니네 아빠가 변태 왕 아니겠어? 크크크."

"변태 왕? 왕 변태?"

"아~ 진짜 싫다."

친구들이 소근거리는 소리가 동희 귀에 들렸지만 동희는 어떤 것에도 부정도 긍정도 할 수 없었다. 동희는 교무실에서 울었던 울음이 멈추지 않는 것인지, 아니면 새로운 눈물인지 그렇게 알 수 없는 눈물이 계속해서 흘렀다. 그렇게 수업 시간 내내, 동희는 복받치는 눈물을 참아가며 누워 있었다. 점심을 먹는데도, 평소 동희 옆에서 같이 먹던 친구들마저 동희와 떨어져서 먹었기에 동희는 혼자 밥을 먹었다. 동희는 평상시와는 달리 밥에 돌이 있는 것처럼 씹고 씹어도 입에서만 음식이 겉도는 것 같았다.

동희는 점심을 먹은 후에 교무실로 갔다. 교무실에 들어섰는데, 동희가 온 줄 모르고 선생님들끼리 이야기를 나누고 있었다.

"정말 동희네 아빠가 성인용품을 판다고요?"

"네, 아침에 동희네 반 학부모가 와서 난리를 치고… 장난 아니었어요."

"세상에, 동희 같은 영특하고 성실한 애가 부모를 잘못 만났네요."

"동희네 엄마도 많이 아프다고 들었는데, 남편 때문에 속앓이를 많이 하셨나 본데요."

"글쎄요, 그거야 모르죠. 암튼 이 일이 교장 선생님 귀에도 들어갔으니, 시끄럽게 되었네요."

한참을 이야기를 나누시던 선생님들이 뒤에까지 와 있는 동희를 보고, 깜짝 놀라며 서둘러 자리에서 일어섰다.

"어머, 동희 왔구나, 담임선생님께서는 잠깐 교장선생님께 가셨는데…."

"네."

동희는 인사를 하고, 교무실 밖으로 나왔다. 뒤돌아 나가는데, 선생님들의 이야기 소리가 들려왔다.

"에구, 부모 잘못 만난 게 죄지?"

"들리겠어요."

동희가 교무실 밖으로 나오는데, 담임선생님을 만났다.

"동희야?"

"선생님…."

"그래, 오늘은 힘든 하루네."

"네."

"일단은 오늘은 조퇴를 하도록 해라. 집에 전화를 드리고 싶은데, 언제쯤 전화를 드리면 되겠니?"

"아빠는 일 나가시면 밤늦게…. 아, 엄마가 전화를 받으실 거예요."

"그래, 그럼 오늘은 조퇴해라. 교실 분위기도 분주하니. 오늘은 그만 집에 가렴."

"네."

동희가 가방을 가지고 교실 밖으로 나가는데, 친구들의 따가운 시선보다도 웅성거리는 소리가 들리지 않는 것처럼 걷는 것이 동희에게는 더 힘든 일이었다. 담임선생님께는 전화가 왔었지만, 엄마의 힘없는 숨소리를 들으시더니, 선생님께서는 더 이상 어떤 이야기도 하지 않았다. 동희도 선생님처럼 아빠에게도 엄마에게도 아무 말도 할 수 없었다.

그렇게 동희 엄마의 기침 소리는 더 깊어졌고, 동희 아빠는 더욱 열심히 전단지를 돌렸다. 이따금 반 아이들이 동희 아빠네 가게의 전단지를 가져와 동희를 놀리고는 했다. 동희는 고개를 숙이며 사는 말 없는 아이가 되었다.

중학교에 입학 후 얼마 되지 않아, 동희 엄마는 누웠던 자리에서 일어나지 못하고 죽게 되었다. 동희는 엄마의 소천 후, 아빠와 둘이 살았지만, 예전과는 달랐다. 아빠는 집에서 소주만 마셨고, 동희는 그런 아빠를 미워했다. 어떻게 된 건지는 모르지만 학교에서는 동희 엄마가 죽은 것이, 동희 아빠가 성인용품을 동희 엄마에게 억지로 사용하다가 에이즈에 걸렸다는 소문이 돌았다. 그래서 동희는 늘 땅만 보며 살아야 했다. 이런 동희의 행동은 더 큰 소문을 만들어 냈고, 엄마의 죽음보다 학교의 소문이 더욱 아픈 상처로 다가왔다. 동희는 위로 해 주는 이 하나 없는 억울한 학창 시절을 보냈다.

* * *

고등학생이 된 동희는 지나왔던 시간처럼, 땅만 바라보며 집으로 가고 있었다. 그때 뒤에서 키가 큰 오빠가 동희의 어깨에 팔을 걸쳤다.

"안녕?"

동희가 뻐근한 목을 위로 올리며 한참 동안 말을 하지 않아 잠긴 목소리로 말했다.

"네?"

"난 같은 학교 3학년 4반 최재호야."

"네?"

"얼마 전에 너를 보고 첫눈에 반했어. 나랑 사귀자."

"네?"

"왜? 싫어?"

"갑자기요? 왜 저랑요?"

"누굴 좋아하는 게 이유가 있냐?"

"저는 아직 준비가 되지 않았습니다. 죄송합니다."

동희는 자기 어깨에 걸쳐진 재호의 손을 황급히 빼고 앞으로 걸어갔다. 그 후 매일 재호는 동희를 기다리며 같이 하교를 했다. 그것에 익숙해진 동희는 재호에게 점점 마음을 열게 되었다.

"오빠, 고3인데 공부 안 해요?"

"응, 나 같은 애가 공부하면 시간 낭비야. 학교 졸업하면 정비일 배울 거야. 대학은 무슨."

"그렇구나."

"왜? 넌 공부하게?"

"아뇨. 제가 무슨 공부예요. 저도 졸업하고 기술이나 배우려고요. 그런데…."

"그런데? 뭐?"

"오빠네는 대학 안 간다고 하면 부모님이 뭐라고 안 하세요?"

"우리 부모님은 공부 잘하는 형밖에 관심 없어. 내가 뭘 하든 돈만 들게 하지 말라고 하더라. 고등학교 졸업하고 일 배우면 따로 나가 살려고. 집이라면 숨 막혀."

"저도 그래요. 엄마 돌아가신 후부터 아빠는 술만 먹고, 부모 같지도 않아요. 창피하게…."

"창피해?"

"그런 게 있어요. 적게 돈을 벌어도 떳떳하게 벌어야 하는데."

"뭐?"

"아니에요."

그렇게 동희는 재호를 의지하며 그동안 외로웠던 마음들이 위로를 받았다. 그럴수록 재호의 말에 휩쓸려 동희는 더욱더 아빠를 미워했다.

동희가 고등학교 2학년 겨울방학을 앞둔 어느 날이었다. 동희가 집에서 라면을 끓여 먹고 있다가 바닥에 깨진 소주병 조각에 손을 다쳤다. 어제 동희 아빠가 마시고, 술에 취해 깨뜨린 소주병 조각이 남아 있었나 보다.

"아…."

동희는 아픈 손가락보다도 서러워서 눈물이 쏟아졌다.

"이게 다 그 인간 때문이야. 집에서 라면 하나도 편하게 못 먹냐? 이게 사람이 사는 거야?"

그날 밤, 늦은 시간 집에 들어온 동희 아빠의 손가락에는 소중 두 병이 검은 봉지 안에 들어 있었다. 동희는 몇 개 안 되는 손가락에 걸려 있는 검은 봉지보다도 열 개가 안 되는 아빠의 손가락이 더 눈에 거슬렸다.

"아이고, 깜짝이야! 안 잤어?"

"이거 보여?"

"뭐?"

"아빠가 어제 술 마시고 술주정하다가 깨뜨린 소주병 조각 때문에 난 상처야. 정말 지긋지긋해. 이게 벌써 몇 번째야? 똑바로 치우라고 했잖아. 진짜 지긋지긋해."

"뭐? 지긋지긋하다고? 뭐가 지긋지긋한데?"

"아빠는 내 인생에 도움이 안 돼. 창피해. 변변치도 못한 일 하면서, 뭐가 잘났다고 술 먹고 술주정이나 하고. 그러고도 아빠가 부모야?"

"뭐? 너 지금 말 다 했어? 내가 지금 누구 때문에 이렇게 고생하고 있는데?"

"나 때문이라고 하는 거야? 나 때문에 성인용품 팔고 있다고 말하는 거야? 손가락도 없고, 배운 것도 없고, 회사도 못 들어가니 이렇게 사는 거 아냐. 할 수 있는 일이 이것뿐이잖아. 그런데 왜 나 때문이야? 본인이 무능력한 걸 왜 남 탓을 해? 나 때문이면 버젓한 직업을 가져야지. 아빠 때문에 내가 얼마나 창피한 줄 알아? 하필 돈을 벌어도 그게 뭐야? 떳떳하지 못한 돈을 버니까, 엄마도 일찍 죽은 거 아냐!"

"뭐? 이게 미쳤나? 너 말 다 했어? 아무리 아빠가 못났어도 아빠는 아빠인데, 어떻게 아빠한테 그렇게 말하냐? 하늘에 간 엄마가 퍽이나 좋아하겠다."

"하늘에 간 엄마? 아빠가 무슨 자격으로 엄마를 들먹거려? 엄마가 누구 때문에 죽었는데."

"뭐라고? 내가 네 엄마를 죽이기라도 했냐? 없는 형편에 네 엄마 살려보겠다고 고생만 했는데. 이제 와서 내 탓을 하는 거야? 그리고 너, 아빠한테 말버릇이 그게 뭐야? 너도 아빠 무시하냐?"

"무시당하지 않을 짓을 해야 무시를 안 하지!"

"그럼 아빠라고 부르지도 말아!"

"아빠라고 부르지도 말라고? 기가 막혀, 난 옛날부터 아빠를 아빠로 생각해 본 적도 없어. 변태가 돼서 성인용품 팔면서 사람들 앞에 나서지도 못하는데, 아빠는 무슨 아빠야? 무슨 자격으로?"

"뭐?"

동희 아빠는 힘껏 동희의 뺨을 내리쳤다. 손가락이 없는 동희 아빠는 손바닥으로 마치 주먹으로 얼굴을 치듯이 때렸다.

"지금 때린 거야? 이제 자식까지 패냐? 진짜 최악이야. 나 나갈 거야. 다시는 보고 싶지 않아."

"나가라, 나가. 네가 나가면 누가 받아주기나 하냐?"

동희는 교복과 가방을 싸서, 밖으로 나갔다. 공중전화로 가 벌겋게 부어오른 뺨 위로 전화기를 대 전화를 했다.

"재호 오빠, 나 오빠네 집으로 가도 돼?"

* * *

재호는 고등학교를 졸업하고 카센터에서 일하면서, 카센터 안쪽에 있는 가겟방에서 혼자 나와 살고 있었다. 그때부터 동희는 재호와 함께 살았다. 동희 아빠가 몇 번 동희네 고등학교 앞에서 동희를 기다렸지만, 그때마다 동희는 말 한마디 없이 동희 아빠를 무시하고 지나쳤다. 그렇게 동희는 지긋지긋했던 집에서 벗어나 재호와 가겟방에서 같이 살면서 마치 성인이 된 것 같았다.

"라면들 드세요."

"어, 고맙네. 동희가 끓여주는 라면이 제일 맛있어. 허허허."

"실장님이 끓여주는 라면보다는 확실히 맛있지! 히히히."

"무진이, 너 지금 나 들으라고 한 말이지?"

"네, 니오."

"뭐야, 네야? 아니오야? 재호야, 네가 보니 무진이가 지금 나 무시한 거 맞지?"

"그냥, 라면 불어요, 얼른 먹어요."

"동희야, 앞으로도 네가 라면 꼭 끓여줘."

무진이가 간절한 표정으로 동희의 손을 붙잡았다.

"네, 앞으로도 제가 끓일게요. 맛있게 드세요."

재호는 그런 동희를 흐뭇하게 바라보았다.

동희는 카센터에서 식사를 챙기고, 청소하며 지내는 삶에 익숙해졌다. 카센터 영업이 끝나 뒷정리를 하고서는 자려고 이불을 펼 때였다. 갑자기 동희가 속이 메스꺼워 헛구역질을 했다. 잠시 말없이 생각에 잠기더니 방으로 들어오는 재호에게 말했다.

"오빠, 나 잠깐 나갔다 올게."
"왜?"
"잠깐만. 나갔다 올게."
"응."

동희는 야간까지 영업을 하는 약국에서 임신테스터기를 샀다. 카센터로 와, 화장실에 가서 테스터기를 해 보았다. 두 줄이 나왔다. 설명서를 보니 두 줄은 임신을 뜻했다. 테스터기를 들고 있는 손이 떨렸다. 동희는 다른 손으로 떨고 있는 자기의 손을 잡았다.

'그래, 누구나 갑자기 성인이 되는 거야.'

그때 재호가 화장실 문을 열고 들어왔다.

"아, 미안. 나갔다 들어온 줄 몰랐어."

재호가 뒤를 돌아 나가려고 하는데, 동희의 손에 있는 임신테스트기를 보았다.

"뭐야?"
"오빠, 나… 임신한 것 같아."
"뭐? 임신?"
"응."

동희는 떨리는 마음으로 재호를 바라보았다. 재호는 떨떠름한 표정을 지으며 말했다.

"아, 곤란한데."

"뭐?"

"나, 이제 자리 잡기 시작했는데, 임신이라니? 하, 그러기에 네가 조심했어야지. 그리고 내 아이 맞아?"

"뭐라고?"

"무진이 애 아니고? 내가 그렇게 너랑 자주 하지도 않았는데, 같이 산 지 몇 달밖에 안 되었는데, 임신했다고? 너 무진이랑도 했지?"

"오빠, 뭐라고? 지금 그걸 말이라고 해?"

"아이씨 몰라, 난 지금 누굴 책임질 만큼 상황이 좋지는 않아. 어떻게 떼지? 낙태하려면 돈이 얼마나 필요한 거야? 아이 씨발!"

동희는 흐르는 눈물을 우격으로 삼켰다.

"난 낳을 거야."

"뭐? 미쳤어? 어떻게 키우려고, 카센터 뒷방에서 살림 차리자고? 그리고 진짜 내 애 맞아?"

동희는 초등학교 때, 교무실에서 수군거렸던 선생님들의 말이 떠올랐다. 그때와 같은 화가 발끝부터 올라왔다.

"넌 쓰레기야. 이 애가 네 애라는 거 너도 잘 알잖아. 나도 쓰레기한테 책임지라고 안 해."

"뭐? 너?"

재호가 동희의 멱살을 잡으며 살기 어린 눈으로 말했다.

"네가 나랑 카센터에 살면서, 무진이가 자연스럽게 너를 만지던데, 뭐가 그리 당당해? 너 실장하고도 잤지?"

"축하해주지는 못해도, 적어도 나를 그런 식으로 말하지 마."

"니네 아빠 성인용품 팔았다며, 그 아버지에 그 딸 아니겠어? 내가 처음도 아니지?"

동희는 재호의 뺨을 때리고 가겟방으로 갔다. 몇 개 안 되는 물건을 챙기고 밖으로 나왔다. 재호는 멀어져 가는 동희를 붙잡지도 않았다. 수능을 보름 앞둔 날씨는 매년 수능 한파를 기억하듯이 매섭고 추웠다. 갈 곳이 없는 동희는 아빠가 있는 집으로 향했다. 하지만 집 앞을 서성거리다가 이내 발걸음을 돌렸다. 그 순간, 손가락이 얼마 없는 아빠가 자기를 버리지도 않고, 그 부족한 손가락으로 싸줬던 도시락이 생각났다. 마음 한 구석에 감사가 들었지만, 동희는 자기 앞길이 막막하여 돌아설 수 없었다. 연민에 압도된 동희는 이제 힘든 인생의 발걸음을 내디뎠다.

* * *

10년 뒤, 미용실 바닥에 떨어진 머리카락을 쓸고 있는 동희에게 한 아이가 떼를 잔뜩 부리고 있었다.

"엄마, 나도 인라인스케이트 사줘. 친구들이 모두 같이 인라인스케이트 타고 공원에서 놀자고 한단 말이야."

"보라야, 엄마 이번 달에 월세 간신히 냈어. 얼른 씻고 방으로 들어가."

"아앙, 나도 인라인스케이트 가지고 싶단 말이야. 어엉 어엉."

동희는 요동 없이 학창 시절처럼 고개를 숙인 채 빗질을 했다. 미혼모센터에 들어가 보라를 낳고, 정부의 보조금을 받으며 미용 기술을 배웠다. 2년 전, 보라와 같이 작은 미용실을 얻어 장사를 하며 살게 되었다. 이제 11살 된 보라는 친구들이 부러운 때를 보내고 있다. 다음날 아침에도 골이 잔뜩 난 상태로 보라가 학교를 갔다. 엄마가 된 동희가 장을 보고 집으로 가는데, 폐수거함 위에 제법 쓸 만해 보이는 인라인스케이트가 눈에 들어왔다. 동희는 보라가 생각나 이리저리 쓸 만한지 살펴보았다. 그때 뒤에서 아이들의 목소리가 났다.

"보라야, 너네 엄마 아냐?"

"뭐?"

"뭐야? 너네 엄마, 남이 버린 물건 갖다 쓰는 거야? 거지 같아."

보라 친구들의 웃음소리에 보라가 당황하며 거짓말을 했다.

"우리 엄마 아냐. 비슷하게 생겼는데, 우리 엄마랑 다르게 생겼어. 우리 엄마는 지금 미용실에 있잖아. 얼른 가자."

보라는 친구를 밀며 서둘러 동희를 지나쳤다. 동희는 보라를 위해 예전처럼 고개를 푹 숙였다. 그래도 손에 들려 있는 인라인스케이트는 내려놓지 않았다. 동희는 손에 꼭 쥔 채로 고개를 숙이고 있었다. 보라 일행이 지나간 후 보이지 않을 때까지 그렇게 그 자리에 서 있었다.

한참이 지나서야, 동희는 인라인스케이트를 여전히 꼭 쥔 채 집으로 걸어갔다. 닫힌 미용실 문 앞에 보라가 서 있었다. 문을 열고 들어온 보라가 동희 손에 있는 인라인스케이트를 바닥으로 던졌다.

"누가 이딴 거 주워 달래? 거지 같이, 남이 버린 것만 가져다가 쓰냐? 창피해. 엄마가 그러고도 엄마야? 내가 얼마나 창피한 줄 알아? 맨날 우리는 남이 버린 것만 쓰는 거야? 거지 같아!"

"보라야, 엄마는…."

"아빠한테 갈래, 거지 같은 엄마는 싫어."

그 순간 왜 동희는 자신이 아빠에게 매몰찼던 그 밤이 떠올랐을까? 보라는 울면서 가방을 바닥에 벗어 던지고 방으로 들어갔다. 그때 전화가 왔다.

"네, 보라미용실입니다."

"안녕하세요. 밀알사업단 홍재이 복지사입니다. 전화 받으시는 분이 혹시 박병선 씨 따님 되시나요? 다름이 아니라, 박병선 씨께 도움을 요청 받아서 연락드립니다. 박병선 씨께서 박동희 씨의 연락처를 몰라 저희 재단에 문의를 해주셨습니다. 전화로는 내용이 길어서요. 신분증을 가지고 저희 재단에 한 번 방문해 주시겠어요?"

며칠 후, 동희는 밀알사업단에 가서 홍재이를 만났다.
"안녕하세요? 박동희라고 합니다. 박병선 씨 일로 연락을 받았습니다만."
"아, 이쪽으로 앉으세요. 저희가 너무 늦게 연락을 드린 것 같습니다."
"네?"
"박병선 씨는 한 달 전쯤, 간암으로 돌아가셨습니다. 세 달 전에 간암 말기 판정 받으시고, 저희 쪽으로 연락을 하셨습니다. 따님을 찾아달라고 부탁을 하셨어요. 아쉽게도 저희가 박동희 씨를 찾는 데 시간이 좀 걸렸습니다. 박병선 씨는 유언을 따라 저희가 장례를 치렀습니다. 그동안의 번 돈을 저희에게 의뢰하시면서, 장례비용과 후원금을 내 주셨어요. 그리고 나머지 금액은 따님을 찾은 후, 따님에게 전해 달라고 부탁하셨습니다. 몇 가지 서류 절차를 마치면 됩니다. 부탁드렸던 신분증 가지고 오셨나요?"

"아, 네. 여기 있습니다."

신분증을 건네는 동희의 손이 떨려왔다.

"저, 선생님!"

"네?"

"왜 저희 아빠는 저에게 연락을 한 번도 안 했을까요?"

"동희 씨는요?"

"네? 저요? 저는 예전에 살던 집에 한 번 가 본 적이 있는데, 재건축에 들어갔던지 공사를 하고 있더라구요."

"사업장은 그대로였는데요."

"네? 사업장이요?"

"성인용품 가게요. 박병선 씨가 운영하셨던 가게 말입니다."

"거긴…."

"성인용품 가게라 불편하셨나요?"

"네?"

"같은 이유 아니었을까요? 박동희 씨가 아버님의 가게를 갈 수 없었던 것처럼, 박병선 씨도 따님의 삶에 들어갈 수 없지 않았을까요?"

"네?"

"박병선 씨가 저희 재단으로 와서 부탁을 하시면서, 자신의 이야기를 해주시더라구요. 딸이 혹시나 잘살고 있는데, 자기가 폐를 끼치고 싶지 않다고 했습니다. 그래서 자기가 죽으면 그때 가게를 처분한 돈과 함께 이 편지를 전해달라고 부탁하셨어요. 어쩌면 박병선 씨는 돌아가시기 직전까지 지독히도 외로웠을지 모르겠네요. 제가 그때 듣기로는 살던 집으로 딸이 돌아올 수 있다고 끝까지 고집을 부리시며 사셨는데, 지역이 재건축에 들어가 하는 수 없이 나오게 되셨다고 하더라고요. 남은 하나가 성인용품 가게여서 거기서 숙식하며 지내셨다고 합니다. 딸이 돌아올 수 있도록 끝까지 가게를 지키신 것 같아요. 그런데 당연히 식사보다는 술만 드셨고, 결국 알콜성 간암 판정을 받으셨다고 해요. 여기 편지와 박병선 씨가 맡기고 가신 소정의 돈입니다. 돈은 통장에 넣어 보관하고 있었습니다. 아마도 예전에 박병선 씨가 박동희 씨 이름으로 만들어 놓은 통장인 것 같아요."

동희는 신분증을 내밀었던 떨리는 손보다 더 떨리는 손과 마음으로 아빠의 편지와 본인 명의의 통장을 건네받았다. 동희는 자신의 엄마처럼 초점을 잃은 두 눈으로 집으로 돌아왔다. 미용실 한편에 마련된 작고 낡은, 물론 주워 온 소파에 앉아, 편지를 읽었다. 글씨는 삐뚤빼뚤하지만 빼곡하게 쓰여 있었다. 몇 개 안 되는 손가락으로 글씨를 썼으니 당연히 삐뚤빼뚤할 수밖에.

사랑하는 딸 동희야!

아빠가 미안하고 미안하다. 모든 것이 미안하다. 하지만 네가 태어나는 순간 나와 너희 엄마는 너무나도 행복했다. 일가친척 업는 우리 부부에게 너는 우리가 살면서 재일 보람된 일을 한 열매였다. 배움이 업꼬, 장애가 잇는 못난 아빠는 엄마의 병원비를 대면서 너를 돌보아야 했다. 내가 그 상황에서 예전 공장에서 일할 때 알던 형이 돈을 마니 벌수 잇다는 말에 성인용품을 팔앗다. 내가 생각이 짤바 너를 배려하지 못했다. 미안해. 정말 자격이 업다. 그날 밤, 네 얼굴을 크게 내려치고 나서 두고두고 내 남은 손가락을 보며 후회를 했어. 차라리 공장에서 사고로 손목이 절단 되엇떠라면 그날 밤 너를 때리지 안앗을텐데. 하늘에 먼저 간 너희 엄마에게 너를 혼자 잘 키우겟따고 약속핸는데, 내가 못난 아빠라 그것도 재대로 지키지 못하고 니 엄마를 만나게 되엇꾸나. 무슨 얼굴로 보아야 할지 걱정이다. 잘살고 잇서? 우리 동희는 똑똑한 아이니까 자기 앞가림 잘하고 살리라 믿는다. 그리고 아프로도 그러케 잘 살아갈꺼라 믿는다. 한번도 말해본적 업지만 사랑한다. 우리 딸 동희야. 그리고 미안해.

학교를 다녀온 보라가, 울고 있는 동희를 보고 놀라 옆으로 달려와 앉으며 말했다.

"엄마! 울어? 왜 울어?"

"보라야! 흑흑흑."

보라도 이유도 모른 채, 동희를 따라 울었다.

"엄마, 왜 울어?"

"엄마는 왜 이렇게 바보 같았을까?"

"왜? 누가 엄마 바보래?"

"엄마가 엄마에게 바보래. 흑흑흑."

"왜 우리 엄마가 바보야? 울지 마. 엉엉엉"

"엄마는 몸만 크면 어른이라 생각했어. 하지만 아직도 성인이 되지 못했나 봐. 성인이 되면서 갖추어야 할 것을 갖추지 못한 성인이 되고 말았어. 내가 아빠 입장이 되어서야 조금씩 알게 되다니…. 하지만 이제는 마음을 표현할 기회마저도 잃고 말았어. 엄마에게는 기회가 있었는데 바보 같이 기회를 버렸어."

동희는 말없이 보라를 꽉 안고 한동안 울음을 멈추지 못한 채, 계속 울었다. 그 순간 보라가 위로가 되었는지, 아니면 누구라도 필요했는지는 모르겠다.

한 달 후, 동희는 홍재이 복지사와 함께, 납골당에 왔다.

"보라야, 외할아버지께 꽃을 드리렴."

보라는 말 없이 납골당 앞에 하얀 국화 한 송이를 올려놓았다.

"한 번도 본 적 없는 외할아버지, 저는 박보라라고 합니다. 이 꽃 예쁘죠? 제가 골랐어요. 보라의 꽃. 이름 예쁘죠? 하늘나라에서 제 꽃을 받아주세요."

"박동희 씨, 밖에서 이야기하시죠."

"네."

"지난번에, 제출하신 서류는 다 처리가 되었습니다. 박병선 씨는 간암 말기 판정을 받으신 후, 가게를 처분하시고 남은 돈을 저희에게 맡기셨습니다. 일부는 장례비용으로 맡기신 금액을 쓰고, 나머지는 박동희 씨에게 모두 전달해 드렸습니다. 오늘 여기까지 왔으니, 제가 해야 할 일을 다 마친 것 같습니다."

"감사합니다."

"아닙니다. 제가 해야 할 일을 한 겁니다."

"감사합니다. 아빠의 편지를 보관해 주셔서, 끝까지 저를 찾아주셔서 감사합니다. 전 말입니다. 평생 성인용품을 판매하신 아빠를 부끄럽게 여기며 무시하며 살았습니다. 하지만 제가 부모가 되어보니, 내가 원치 않는 모습으로도 살아가게 되더라구요. 제가 그 입장이 되어보니 이해가 되기 시작했습니다.. 성인용품을 파는 아빠를 무시하고 몸이 약해 아팠던 엄마를 평생 원망하고 살았는데, 저는 성인이 되어서도 성인으로서 갖추어야 할 성품인 '이해'를 갖추지 못했었습니다. 그 생각에 지난 편지를 보며 뼈저린 후회를 했어요. 이제야 부모님을 이해할 수 있게 되었는데 말입니다."

"동희 씨, 저희 아버지는 주사로 술만 드시면, 엄마와 저희 형제들을 때리셨습니다. 그래서 아빠가 술을 드신 저녁에는 엄마와 형과 함께 동네 다리 밑까지 도망가기도 했었지요. 평생 그 아빠가 미웠고, 내가 크면 내 손으로 그 사람을 꼭 죽이리라 생각하며 살았습니다. 그런데 아버지는 죽기 전에 저와 가족들에게 그동안의 일을 사과하셨어요. 그 사과로 우리의 고통스러웠던 기억이 하루아침에 사라지지는 않지만, 그 순간, 그 진심 어린 사과로 평생 미워했던 아빠를 용서하게 되더라고요. 그게 가족이더라고요. 제가 미워했던 그 아빠 덕분에 이렇게 복지사가 되어, 폭력으로 힘든 가정을 돌보고 아이들을 위로하며 살고 있습니다. 같은 아픔을 가지고 있으니까요. 그리고 믿습니다. 가족은 '가족'이라는 것을. 그것을 저도 경험했기에 이 일에 확신을 가지며 살고 있습니다. 저도 동희 씨 말처럼 이해를 통해, 나의 상처로 다른 사람을 살리고 있답니다. 우리는 모두 부모에게 빚이 많네요."

 동희는 인사를 한 후, 납골당 공원에 앉았다. 앞에서는 보라가 잠자리를 잡으려 이리저리 뛰어놀고 있었다. 혼자 앉은 동희는 옆의 의자를 쳐다보았다. 거기에는 동희 아빠가 보라의 꽃을 손에 들고 웃으며 동희를 바라보고 있었다.

 "아빠는 장애를 가진 몸으로 어느 것도 하기가 쉽지 않았을 거야. 그래도 삶을 포기하지 않았지, 그때는 몰랐는데, 내가 살아보니 아빠가 이해가 되더라고. 아픈 엄마의 치료비를 마련하기에 아빠가 가진 돈으로 할 수 있는 일이 별로 없었을 테니깐. 그럼에도 아빠는 아빠의 삶을 포기하지 않고 끝까지 버텨냈어. 늦었지만 고마워요. 내가 뛰쳐나가고, 학교 앞으로 찾아온 아빠를 외면하고, 삶에서 아빠를 지워버리고 살았는데, 아빠는 잡을 수 없는 손으로 악착같이 나를 놓지 않았네. 고마워요. 그리고 미안해요, 아빠."

 동희 아빠는 더 환하게 동희를 보며 웃고 있었다. 동희도 눈물이 가득 담겨 있는 눈으로 동희 아빠를 보며 웃었다.

 "아빠, 나 하나 뭐 물어봐도 돼요? 아빠는 태어나는 것과 죽는 것 중에 뭐가 더 힘들었어요?"

 "사는 게 제일 힘들더라. 동희야, 힘들겠지만 끝까지 네 삶을 잘 살아내. 내 딸, 사랑해."

 "네, 아빠…."

동희는 심장에서 뜨거운 눈물이 나오는 것이 느껴졌다. 고개를 숙이며 터져 나오는 눈물을 닦았다.

"엄마, 누구랑 이야기해?"

보라의 말에 놀란 동희가 다시 옆을 보았다. 아무도 보이지 않았다. 동희는 파란 하늘 위를 올려다보았다. 목이 뻐근했다. 마치 세상을 살면서 한 번도 하늘 위를 올려보지 못한 것처럼. 하지만 동희는 목이 아파도 다시 고개를 숙이지 않았다.

"힘들지만, 보라가 내 삶을 이해하는 날까지 나도 열심히 살게요."

파란 하늘에 구름이 가득히 떠 있었다.

느린 우체통, 보랏빛 여름

장아영

저는 글쓰기를 좋아하는 법학과 소속의 대학생입니다. 다양한 주제에 대한 깊이 있는 글을 쓰는 것을 좋아하며, 특히 일상에서 겪는 소소한 이야기부터 법학도로서 마주하는 경험까지, 모두가 공감할 수 있는 글을 통해 일상 속 작은 기쁨과 공감을 전하고 싶습니다. 제 글이 현재의 시간선 안 여러분의 삶을 더욱 풍요롭게 만들기를 소망합니다.

시골 마을에 신설 우체국이 들어서면서 원래 있던 느린 우체국은 폐국을 맞이하게 된다. 한여름 밤의 우체국 앞에서 시작된 한 여학생과 한 남학생의 오묘하고 신비로운 첫사랑 이야기.

오늘도 다이어리를 펼쳐본다. 다이어리의 첫 장부터 한 장씩 넘기다 보면 자주 읽지 않아서 새것처럼 매끈한 면이 있고, 너무 자주 읽어서 너덜너덜한 면이 있기 마련이다.

어느새 대학생이 된 나는 화장대 위에 올려진 다 말라비틀어진 꽃들을 바라보며 오늘 하루도 열심히 살 것을 다짐하고는 다이어리를 다시 덮는다.

20○○년 6월 10일 화요일 여름비

이젠 더는 보지 않아도 생생하게 떠올릴 수 있는 그날의 기억. 신비롭고 다채로웠던, 보랏빛 여름이었다.

반질반질한 교복 끝자락을 매만지며, 3개월이나 지났지만 여전히 무릎 아래로 내려오는 치마를 부루퉁한 표정으로 쳐다본다.

"엄마, 다녀오겠습니다!"

　성장의 시작점에 선 14살. 어느새 여름이 찾아왔다.

"나도 교복 수선 좀 할까…? 너무 긴 거 같은데…."

　지나가던 친구들과 나의 교복을 번갈아 본다. 단정해서 예뻐 보였던 교복이 어느 순간부터 밋밋해 보이기 시작했다.

　빵——

　늘 걷던 등굣길에 어느 순간부터 마음이 설레기 시작했다. 벚꽃이 흩날리는 봄의 내음을 들이켜는 것도 잠시, 어느 순간부터 생명체들의 노래 선율이 흐르는 여름에 접어들기 시작한다. 얼굴에 오른 열감을 손의 냉기로 식히기를 반복하고, 물 한 컵이 소중한 습하고 더운 여름의 내음이 느껴진다.

"지아연, 왜 이렇게 늦게 왔냐? 기다리다가 목 빠질 뻔했네."

　너와 나의 깊은 인연도 무더운 여름으로부터 시작되었다.

　나는 여름을 싫어했다. 개운하게 씻고 나오면 얼마 채 지나지 않아 몸의 굴곡을 타고 흐르는 땀과 강렬한 햇빛이 살갗을 태우다 못해 나라는 존재를 태우는 기분이 들기 때문이었다.

그래도 푸릇한 나무들과 매미 소리들을 느끼며 책상에서 공부하는 그 순간만큼은 좋았다. 다들 그렇지 않았던가. 시끄러운 반에서 창문을 바라보다가 생각에 잠기곤 했던 기억 말이다. 우리가 스며들던 그날도 그랬다. 덥고, 습하고, 얼굴이 붉게 물들기 바빴던 그날.

"하지훈, 나 기다렸어? 그럴 줄 알았으면 조금 더 늦게 올 걸 그랬나 봐."

"뭐라는 거야, 너 조금만 더 늦었으면 지각이었어."

하복 셔츠 깃이 흐트러진 채 내 책상 앞에서 턱을 괴고 있다가도 나를 보고는 자세를 고쳐 앉아 올려다보는 너의 모습을 보니 아침부터 웃음이 나온다.

언제부터였을까 우리의 인연이 시작된 것이.

벚꽃잎이 떨어지던 3월. 장난이 많았던 너는 내 친구들과 친했고, 너와 나는 말 한마디도 섞어본 적이 없었다.

"아, 좀 웃기게 하지 말라니까."

"아연아, 요 근처에 우체국 새로 생겼다는데 소식 들었어?"

친구들의 말들에 대답하다가도 나의 시선 끝에는 늘 네가 걸쳐졌다. 눈이 작지만, 웃으면 예쁜 반달 모양으로 접히는 눈매와 초승달 모양으로 변하는 너의 입꼬리가 나의 시선을 사로잡는 건 순식간이었다. 아니, 그저 필연적이었다.

나의 시선을 빼앗아 갔던 날로부터 내 눈은 늘 너를 좇곤 했다. 수업 시간에 졸고 있는 너의 모습을 구경하거나 점심시간이나 체육 시간에 운동장에서 축구를 하는 너를 보면서 시간을 보내기도 했다. 너를 좇는 시간이 많아졌을 때 나는 하교를 하면서 너의 뒷모습을 하염없이 바라보기도 하고, 너의 가방에 좌우 운동을 하며 매달려있는 하얀 강아지 인형을 째려보는 것도 수십 번 반복하다보니 나의 일상이 되었다.

우리의 인연은 생각하지도 못한 곳에서 틔었다.

방에서 학교 과제물 때문에 머리를 잡으며 끙끙 앓았던 그날. 그날도 무척이나 덥고, 습한 날이었다. 여름비가 내리다 그치기를 반복하던 것을 멍한 눈빛으로 바라보다가 생각을 환기하면 과제에 더 집중할 수 있을 것 같다는 생각에 산책하러 나갔던 날. 투명한 우산 너머 보이는 하늘은 여름 저녁 하늘이라는 수식어에 걸맞게 푸른빛을 띠고 있었다.

자주 걷던 산책길로 노래를 들으며 걸음을 옮기다가 문득 근처에 새로 생긴 우체국이 있다는 말이 떠올라 우체국이 생긴 곳으로 발걸음을 재촉하기 시작했다.

우리 학교는 시골에 자리 잡고 있어서 택배나 편지를 받는 것이 아주 오래 걸린다. 우체국 비스무리한 게 있다고는 하는데 이용해 본 적은 없어서, 우리 마을에는 체계적인 시스템이 이루어져 있지도 사무원이 있지도 않아 수거해가는 데 엄청나게 오래 걸린다고만 알고 있었다.

'드디어 우리 동네에도 우체국이 생기네. 나도 옷 배송 빨리 받을 수 있겠다.'

'예쁜 옷 엄청 많이 시켜서 놀러 가야지.'

인터넷 세상 너머로 지켜본 또래 아이들의 모습을 떠올리며 설레는 마음을 안은 채 우체국 앞에 도착하니 크지는 않지만 그렇다고 작다고 느껴지지도 않는 목조의 향을 풍기는 건물이 있었다. 우체국이라고 하면 모두들 우체통이 떠오르지 않는가. 부푸는 마음을 끌어안고 우체통 앞으로 뛰어갔다. 그리고 우체통 앞에는 네가 있었다.

톡- 토톡- 빗소리를 메우는 내 시야에 네가 걸쳐졌다. 너의 너머 푸른빛을 띠는 여름 밤하늘과 너의 앞 빨간빛을 띠는 우체통의 모습이 마치 너라는 존재로 조화되어 보라색처럼 보였다. 보랏빛을 은은하게 비추고 있는 듯한 기분에 너를 멍하니 바라본 지 몇 분이 지났을까.

"지아연?"

내 인기척에 나의 존재를 인지한 하지훈이 나를 불렀다.

"우체국 새로 지어졌다는 소식 듣고 와봤는데, 이런 우연이 있네."

너의 존재에 호감을 느끼고 있던 나는 나의 존재를 아는 너에 조금 떨리기 시작했다.

"너도 우체국 보러왔구나. 나도 보러왔어. 우리 반 맞지?"

그렇게 한여름 밤의 우체국 앞 우체통이 우리의 인연을 이어줬다.

* * *

"오늘은 체육대회 이어달리기 주자를 뽑기 위해서 50m 달리기 측정을 할 거니까 다들 두 명씩 번호대로 줄 서서 뛸 수 있도록 합니다."

강한 햇빛 아래 분홍빛 홍조로 뒤덮인 나의 얼굴은 달리기 한다는 체육 선생님의 말씀을 듣고 같은 반 여자아이들과 함께 표정이 일그러지기 시작했다.

'아…. 느리게 나오면 부끄러울 거 같은데…'

초등학교 때부터 난 이어달리기 주자였지만, 지훈이가 날 보고 있다고 생각하니 걱정이 앞서기 시작했다. 다들 그런 경험이 한 번쯤은 있지 않은가. 신경 쓰이는 사람이 지켜보고 있다고 생각하면 평소에 잘하던 것도 더욱 긴장되는 듯한 경험 말이다.

나의 다음 번호인 윤아와 함께 시작점 앞에 서서 호루라기

신호가 들릴 때까지 눈이 빠지도록 체육 선생님을 바라보고 있었다. 몸에서 금방이라도 튀어나올 것 같은 심장을 온전히 느끼면서 말이다.

삑-.

맞은편 도착점을 향해 달려가는 나를 보고 있는 너를 보고 있으니 얼굴의 열감은 더욱 타오르기 시작했다.

"와, 아연이 빠르다. 7.7초네."

도착점에서 숨을 가쁘게 쉬고 있는 나를 향한 친구들의 말들이 나를 안심시키기 시작했다. 너의 반응을 보기 위해 고개를 이리저리 돌렸을까.

"아, 차가워."

어느새 붉은 빛을 띠고 있는 나의 볼에 갑자기 시원한 냉감이 느껴졌다.

"고생했어. 진짜 잘 뛰더라. 우리 반에서 너랑 내가 여자 남자 달리기 1등이겠던데?"

매점 근처 자판기에서 막 사 온 듯 느껴지는 차가운 생수 한 통을 건네며 반달 모양 눈웃음을 짓는 네가 보였다.

지훈이가 준 생수병이 반쯤 비워졌을 때 우리는 운동장 정자에 마주 앉아 친구들이 달리는 모습을 구경하고 있었다.

"아연아, 너 우체국 가본 적 있어?"

"응. 우리 만났었잖아."

"아니, 새로 생긴 곳 말고 원래 있었던 곳 말이야."

"아…. 그 느린 우체국이었던가? 가본 적은 없어. 어른들 통해서 소문만 들었지."

"우리 한번 같이 가볼래? 이번 주말에 가보자. 난 꼭 너랑 가고 싶어."

느린 우체국을 가보자고 제안하는 지훈이에게 이해할 수 없는 표정을 지었지만, 나와 꼭 가고 싶다는 말에 그 마음이 문득 궁금해져 약속을 잡게 되었다.

지훈이와 함께 느린 우체국에 가기로 한 토요일 아침. 일어나자마자 한 마리의 치타처럼 빠른 속도로 씻고, 옷장에서 꺼낸 여러 벌의 옷들을 입으며, 거울 앞 나만의 작은 패션쇼를 열기도 했다. 서투른 손으로 화장도 하고 앞머리 정리까지 마친 뒤, 작은 가방과 볼펜, 종이 수첩을 챙긴 채 집 밖을 나섰다. 약속 장소인 학교 앞 정문에 다다르니 노란색 후드티에 청바지를 입고 기다리는 너의 모습이 보였다. 노란색 옷을 입은 지훈이는 마치 작은 꽃 한 송이 같았다.

"지훈아, 나 왔어!"

"아직 3시 아닌데 일찍 왔네?"

"그렇게 따지면 너도 엄청 일찍 왔잖아. 쌤쌤이다!"

또다시 예쁜 반달 웃음을 짓는 너와 함께 느린 우체국으로 발걸음을 옮겼다. 사람들의 발걸음이 잘 닿지 않는다는 말이 사실인 듯 금이 간 보도블록 사이로 풀들이 무성하게 자라나 있어 우리는 손발로 풀들을 헤치며 앞으로 나아갔다.

우체국이라고 한다면 우리 모두 하얀색 또는 붉은색을 떠올리기 십상이지만, 느린 우체국은 보라색을 띠고 있었다. 새로 생긴 우체국보다 더 작고 아담하며 여기저기 균열이 간 듯 보였다. 사람이 다녀간 것이 언제인지 알기 어려울 정도로 내부가 어두침침하고 페인트칠이 벗겨진 보라색 벽면들을 보고 있으니 지훈이가 왜 나와 함께 이곳을 오고 싶어 했는지 더욱 큰 의문이 생기기 시작했다.

"아연아, 저쪽이야."

상상과 다른 우체국의 모습에 멍을 때리고 있던 나의 손을 잡고 우체국 뒤편으로 앞장서는 너에게 이끌리듯 발걸음을 옮겼다.

'느린 우체통…?'

따라간 곳에는 그날 봤던 선붉은색의 우체통이 아닌 약간 푸른빛을 띠는 보라색의 낡은 우체통이 있었다. 우체통에 붙어 있는 낡은 팻말 속 느린 우체통이라는 글자는 호기심을 일으키기에 다분했다.

"느린 우체통이 뭔지 알아?"

"아니, 오늘 처음 봤어. 지훈이 넌 알아?"

"느린 우체통에 편지를 넣으면 아주 천천히…. 그리고 느리게 배송된다고 해. 편지를 보낸 것을 까먹었을 때쯤 도착하려나?"

"느린 우체국이라서 느린 우체통인 거야?"

"정확한 유래는 모르지만, 느리게 배송된다는 점이랑 호기심과 오묘함을 불러일으키는 보라색을 사용했다는 점이 정말 신기하지 않아?"

편지가 느리게 배송되는 것을 바라는 사람이 있을까 하는 의문과 동시에 붉은색이 아닌 보라색으로 건물 벽면을 칠한 이유에 대해서도 궁금해졌다.

"여기 2달 뒤에 철거한대. 그래서 그 전에 오고 싶었어. 보라색 우체국은 어떤 느낌일까 궁금했거든. 너랑 와보고 싶기도 했고"

"그럼 느린 우체통은 철거 전까지 운영되고 있는 거야?"

"새로운 우체국이 생기면서 운영을 중단한 거로 알고 있어."

"그렇구나…."

그렇게 지훈이가 나와 함께 이곳에 오고 싶어 했던 이유에 대해서는 물어보지 못한 채 우리는 곧 있을 체육대회 얘기를 하며 각자 집으로 돌아갔다.

"아 — 아 —. 3학년 8반 지아연, 하지훈 학생은 지금 교무실로 오세요."

니의 예측처럼 너와 나는 제일 잘 뛰는 학생으로 뽑혔고, 이어달리기의 하이라이트를 장식하는 마지막 주자가 되어 체육시간마다 바통을 주고받는 연습을 하게 되었다.

체육대회 당일. 모든 학년의 아이들이 기다리는 체육대회의 꽃, 이어달리기가 시작되었다. 내 순서가 되어 앞 주자 친구를 기다리며 돌로 된 계단에 앉아 우리를 바라보는 친구들을 보고 있으니 가슴이 두근거리기 시작했다.

"아연아! 받아."

2번째 주자에게 바통을 건네받고 달려가는 경주로가 마치 너에게 달려가는 길처럼 느껴졌다.

와 —. 뛰는 그 순간만큼은 친구들의 함성과 시선이 내게 닿지 않았고, 뛰는 방향을 등진 채 나에게 건네받을 자세를 취하고 기다리는 너의 시선만이 나에게 닿았다. 널 보고 있으니 그날에 보았던 여름 밤하늘과 우체통이 보이던 보랏빛 공간에 있는 기분이 들었다.

앞머리가 휘날리는 모습이 못나 보이면 어쩌지. 표정이 못생기면 어쩌지. 나 지금 얼굴이 혹시 많이 빨갛나? 여러 걱정을 하면서 전속력으로 달리고 있었을까.

반달 모양 미소와 눈웃음을 보이는 너를 보며 나 또한 미소를 짓고 바통을 건넸다. 그렇게 이어달리기 3학년 1등은 우리 반이 되었다.

 선생님 몰래 쪽지를 건네받던 게 수십 번. 어느새 우리의 사이는 엄청나게 가까워졌다. 자연스럽게 하교도 같이하고 서로의 집도 아는 가까운 사이가 되었다. 강한 에어컨 바람 때문에 독서실이 춥다는 나의 말 한마디면, 너는 집에서 밥을 먹다가도 겉옷을 들고 자전거를 타 한걸음에 달려오기도 했다. 배가 아프다는 말 한마디에는 집 앞을 확인해 보라며 문 앞에 약 봉투를 두고 가기도 했다. 비가 하늘에서 땅에 도달하여 스며들 듯 우리의 사이도 조금씩 스며들기 시작했다.

 교복 셔츠가 땀에 젖어 들어가고, 머리를 질끈 묶어 올렸던. 평소보다 조금 더 더웠다는 사실 외에는 다를 게 없었던 바로 그날. 너는 평소와 다르게 나를 어색하게 대했고 너의 온몸이 뻣뻣하게 굳어있는 것처럼 느껴졌다.

 "너 어디 아파?"

 말도 없이 무표정으로 걸어가는 너를 보며 아픈 건 아닌지 걱정이 되는 마음과 덥고 습한 날씨 때문에 이 상황이 답답하게 여겨지기 시작했다. 열감이 잔뜩 오른손으로 내 손을 조심스럽게 감싸 쥐어 올리는 느낌이 들어 너를 쳐다보니 초록색

잎들과 대비되는 붉은빛을 잔뜩 띤 너의 얼굴이 타오르고 있었다.

너와 손을 잡고 있는 지금, 이 순간 우리 사이에서 맴돌고 있는 더운 열기와 습도. 싱그러운 나무들과 풀벌레 소리가 여름의 내음을 뿜어내는 것처럼 느껴진다. 어둡지만 은은한 푸른빛 하늘과 우체통을 연상하듯 붉게 타오르는 지훈이의 얼굴이 내 시야 속에서 보랏빛으로 퍼져나갔다.

그렇게 행복 속에서 우리의 여름은 오래 갈 줄 알았다.

시험 기간의 미술 시간은 정말 자유로운 시간이라고 봐도 무방하다. 그날도 그랬다. 간단하게 주어지는 과제물과 제출 후 주어지는 자유 시간.

"오늘은 가장 좋아하는 색으로 의미 있는 그림을 그리고, 이유를 작성해서 제출하면 됩니다. 그림은 사람, 사물 그 어떤 것이라도 상관없으니 자기가 왜 이것을 어째서 이 색으로 그렸는가에 대해서 곰곰이 생각해 보세요. 오늘은 발표도 할 거니까 신중하게 그리도록 하세요."

미술 선생님의 설명이 끝나기가 무섭게 하나둘씩 자신이 좋아하는 색연필을 꺼내기 시작했다.

'나는 무슨 색으로 해야 할까…. 평범한 검은색은 어떨까?'

제일 무난하다는 이유로 친구들에게 인기가 없었던 검은색 색연필을 집어 들지 말지 고민을 하다가 맞은편 조에 앉아 있는 지훈이를 쳐다봤다.

지훈이. 하늘. 우체통. 느린 우체국. 느린 우체통.

지훈이를 보면서 혼자 생각에 잠기기도 잠시, 처음 만났던 곳과 우리에게 의문점과 호기심을 안겨줬던 우체국의 모습이 그려지기 시작했다. 나는 보라색 색연필을 들어 느린 우체국의 모습과 사람의 형체를 그리기 시작했고, 빨간색 색연필로 우체통을, 파란색 색연필로 푸른 여름 밤하늘을 표현했다.

"28번 지아연"
내 번호와 이름이 호명되고, 나는 그림과 함께 교탁 앞으로 나갔다.
"아연이가 그린 그림과 선택한 색에 대한 의미가 뭔지 설명해 줄래?"
아이들의 시선이 나에게 모이기 시작하자 순간 떨렸지만, 그 긴장감이 나를 설레게 했다.
"저는 빨간색과 파란색, 보라색을 사용했고, 우체통과 푸른 밤하늘이 한 사람으로 어우러지는 느낌을 표현해 봤습니다."
우체통 앞 그림자처럼 서 있는 보라색의 사람 형체를 바라보니 우리가 처음 만났던 날의 지훈이처럼 느껴졌다.

"보라색은 호기심과 신비로움을 상징합니다. 빨간색은 애정과 관심을 상징하고, 파란색은 시원함과 생동감을 상징한다고 생각합니다. 최근 우체국이 생긴 이후에 관심이 생겨 우체통을 빨간색으로 표현했고, 여름 밤하늘의 시원함을 파란색으로 칠했습니다."

"우체통 앞에 서 있는 사람은 제가 좋아하는 사람으로 늘 저에게 호기심을 안겨주고, 신비로움을 지닌 사람이기에 보라색으로 표현하였습니다. 빨간색과 파란색이 조화된 신비의 존재라고 볼 수 있습니다."

"35번 하지훈"

지훈이는 무슨 색을 좋아하고, 무슨 그림을 그렸을지 궁금했다.

'나와 같은 보라색을 사용하지 않았을까?'

"저는 노란색으로 꽃밥을 표현했습니다. 꽃잎이 필 수 있도록 지지해 주고, 영양분을 주는 핵심 구조로서, 저는 누구에게나 토대가 될 수 있는 존재가 되고 싶습니다. 그리고 저에게 노란색은 환상과 추억, 기억을 의미하는 색인 만큼 꼭 사용하고 싶었습니다."

보라색도 아닌 노란색이라니. 노란색 옷을 입었던 지훈이의 모습이 꽃처럼 보였던 것이 그 이유였을까. 누군가에게 지지대의 역할로서 있고 싶다는 지훈이에게 나도 어느샌가 의지하고 있지는 않았나 하는 생각에 잠겼다.

지훈이와 연락을 주고받으며 집에 도착한 나는 오늘 미술 시간에 있었던 일을 떠올리며 지훈이에게 느린 우체통을 이용해서 깜짝 편지를 보내면 좋을 것 같다는 생각이 들었다. 지훈이가 좋아하는 노란색이 들어가게끔 쓰고, 친구들이 맛있다고 했던 학교 근처 햄버거집에 같이 가자 하는 건 어떨지. 데이트하면 무슨 옷을 입고 나갈지 미래에 일어날 수도 있는 상황을 그리며 상상 속 작은 패션쇼를 열어 시간을 보내고 있었다.

언제 잠들었는지도 모를 만큼 말이다.

* * *

"아연아, 학교 가야지. 너 조금만 더 늦으면 지각이다!"

엄마가 거실에서 외치는 소리에 침대에서 벌떡 일어났다. 잠들었다는 자각도 없이 잠들었었던 나는 엄마의 외침에 막 잠에서 깨어나 정신을 차리지 못했고 침대에서 일어나 지각을 면하기 위해 급하게 준비하기 시작했다.

빵——

나를 설레게 하던 등굣길은 어느 순간부터 날 불안하게 만들기 시작했다. 생명체들의 노래 선율을 즐길 새도, 얼굴에 오른 열감을 손의 냉기로 식힐 틈도 없이 이유 모를 불안감에 휩싸인 나는 휴대전화를 꺼내 지훈이와의 대화창을 열어본다.

왜 늘 불안함은 들어맞는 걸까. 마치 온 세상이 나를 속이는 것처럼 지훈이와의 대화창은 온데간데없었고, 학교에 가서도 지훈이의 모습은 찾아볼 수 없었다. 하지훈이라는 사람은 애초에 존재하지도 않았던 것처럼 말이다.

"아연아, 왜 이렇게 오늘따라 정신이 없어 보이지. 어디 아파?"

"하지훈, 어디 있어? 우리 반 하지훈, 이 자리잖아."

"그게 누군데?"

하지훈을 찾는 나를 이상한 눈으로 보는 아이들 머릿수가 두 자릿수가 될 때쯤 나는 더는 물어보는 것을 포기하고, 우체국을 가보아야겠다는 생각이 들었다.

"여기 원래 우체국 새로 지어졌지 않나요?"

새로 지어진 늠름한 붉은 우체국의 모습은 보이지 않고, 작고 아담한 카페가 운영되고 있었다. 카페 사장님께 우체국에 관해 물었지만, 어리둥절한 표정으로 고개를 젓는 것을 보고 좌절할 수밖에 없었다. 느린 우체국으로 가봐야겠단 생각에 풀들을 헤집고 앞으로 뛰어나가기 시작했다.

풀벌레 소리와 나무들의 바람 소리가 조금씩 가까워지는 것이 느껴졌을 때, 낡고 균열이 간 작은 보랏빛 우체국의 형태가 보이기 시작했다. 너라는 존재는 없는데, 너와 함께했던 곳은 존재하는 것이 정말 모순적이었다.

 여기는 작은 시골 마을이었기에 금방 찾을 수 있을 것이라는 생각에 희망을 품고 너를 찾아본 것도 약 5달. 벌써 여름이 끝나고 추운 눈송이가 맺히는 11월의 겨울이 찾아왔다. 너의 집에도 가보았다. 너의 가방에 달려있던 하얀 강아지와 닮은 개가 뛰어나와 날 반기곤 했던 벽돌 주택 집이 있던 곳은 어떤 할아버지의 밭이 되어있었다.

 인연 속 우리의 여름은 계속될 줄 알았다.

 신설 우체국이 사라졌기에 느린 우체국이 사라질 이유도 없었다. 네가 없어지기 하루 전날 미술 시간에, 자기에게 의미 있는 색이라고 말했던 노란색으로 너에게 편지를 쓰려고 했던 내 모습이 불현듯 기억났다. 노란색 편지지와 봉투를 사서 어딘가에 존재하고 있으리라 믿어지는 너에게 편지를 쓰기 시작했다. 너와 함께했던 순간과 너의 존재에 대해 잊지 않을 것이라며 많이 보고 싶고, 많이 좋아했다는 문구와 함께 말이다.

 노란색 편지를 들고 느린 우체국으로 향한 나는 편지가 전해지길 바라며 우체통에 편지를 집어넣고 그 입구를 닫았다.

너의 존재가 흐릿해져 가던 그다음 해 봄. 새학기를 맞이한 나는 네가 있었던 순간은 그저 공부로 인한 나의 착각일 뿐이라며 벚꽃이 흩날리는 봄의 내음을 들이켜면서 거듭 다짐하곤 한다.

그런데 늘 걷던 등굣길이 어느 순간부터 다시금 설레기 시작했다.

"야, 지아연! 왜 이렇게 늦었냐? 기다리느라 목 빠지는 줄"

"아, 기다리는 줄 알았으면 조금 더 늦게 올 걸 그랬네."

뭔가 이상한 기시감이 들기 시작했다.

"아연아, 그거 들었어? 카페 있던 곳에 우체국 지어진대. 우리 이제 예쁜 옷도 엄청나게 빨리 받고, 편지도 빠르게 주고받을 수 있겠다."

한여름의 기억이 다시 펼쳐지기 시작한다.

학교가 끝나자마자 나는 우체국이 지어진다던 곳으로 달려갔다. 기억 속 그곳으로 말이다. 여러 사람이 건물을 축조하려고 모여든 것을 보았다.

"아저씨, 여기 우체국 새로 생겨요?"

"그래."

"언제요? 언제쯤이면 다 지어지는데요?"

"음…. 아마 올해 6월이면 다 지어지겠구나. 그때쯤이면 다른 우체국은 철거되겠어."

너와 내가 이 우체국에서 마주쳤던 6월에 이 우체국이 다 지어진다고 한다. 매일매일, 지금 이 순간에도 흐르고 있는 시간의 움직임은 일정하지만, 나에게는 1초가 10시간처럼 느껴졌다. 학교에 가서도 우체국 길을 지나갈 때도 등굣길과 하굣길을 걸으면서도 우체국과 지훈이 생각밖에 없었다.

"야, 지연아. 오늘 우체국 운영하는 첫날이라며? 너 안 가볼 거야? 엄청나게 기다렸잖아."

"응, 나는 나중에 가려고"

너와 만났던 그날, 그 시간에 가야 만날 수 있을 것 같다는 생각과 동시에 혹여나 너를 보지 못할 수도 있다는 두려움에 나는 운영 첫날 우체국에 가지 않았다.

그날처럼 비가 오고, 그날처럼 과제물에 묻혀있던 나는 투명 우산을 들고 우체국을 향해 걷기 시작했다. 내 기억 속 붉은 우체국의 모습과 일치했고, 붉은 우체통과 그 너머 여름 밤하늘의 푸른빛도 그대로였다. 하지만, 그 공간 속에서 너는 없었다.

나의 착각일까. 그저 한여름 밤의 꿈이었던가. 학업으로 인해 스트레스가 많았던 나의 상상으로 치부하며 너를 잊어가던 것이 익숙해졌다. 이제 더는 생각하지 않으려고 한다.

나를 반기던 우리 집 우체통은 이제 나에게 아무런 의미 없는 우체통이 되었다. 그렇게 너를 다시금 잊어보려고 했다.

"아연아, 나 오늘 너희 집에 놀러 가도 돼? 같이 치킨 먹자!"
"그럴까?"

다른 아이들처럼 지훈이의 존재를 잊고, 나는 그 상황에 동화되었다. 윤아와 함께 우리 집에서 치킨을 먹기로 했고, 집을 향해 걸음을 움직였다. 몸에 달라붙은 셔츠와 더운 열감, 습기가 우리를 감싸자 불쾌한 감정이 들기 시작했다.

"아연아, 너 편지 온 거 같은데? 입구도 살짝 열려있어! 실수로 열어두셨나?"

윤아의 말 한마디에 이젠 기억도 잘 나지 않는 그 아이에게 쓴 편지가 반송된 것일까라는 생각이 문득 들었다. 우체통을 열어보니 하얀색 편지가 있었다. 발송인 칸에는 아무것도 적혀있지 않았고, 수신인 칸에 내 이름 석 자가 정확하게 쓰여 있었다.

떨리는 손을 다잡고 진정시킨 후 편지를 열어보니 붉은 꽃과 푸른 꽃이 한 송이씩 들어있었다. 누가 나에게 이런 걸 보낸 걸까. 꽃을 꺼내려고 하기도 잠시, 손이 미끄러져 꽃을 떨어뜨렸다. 그러자 미처 확인하지 못했던 봉투의 내부가 보이기 시작했다. 조심스럽게 안을 열어보니 노란색 색연필로 테두리를 딴 보라색 꽃이 그려져 있었다.

　투둑—

　"아연아, 갑자기 비 와! 빨리 들어가자. 이러다가 우리 감기 걸리겠어."

　우리 집 빨간색 우체통 앞에서 편지봉투를 든 나는 비가 오는 하늘을 쳐다봤다. 너를 봤던 그날처럼은 아니지만, 구름 사이로 여름의 옅은 푸른빛 밤하늘이 보이고 있었다. 너도 어디선가 나를 보고 있는 걸까. 내가 그날 봤던 지훈이는 누구였을까. 지훈이를 본 것이 맞는 걸까 아니면 지금의 나를 꿈속에서 본 것일까. 나의 학창 시절 추억 속에 녹아든 첫사랑이었다.

　신비롭고 다채로웠던, 보랏빛 여름이었다.

보라 꽃의 단편소설

초판 1쇄 인쇄 2024년 6월 17일
초판 1쇄 발행 2024년 7월 1일

글 전영민, 김승윤, 하지석, 김효정, 황시현, 강인영, 윤새품, 장아영

발행인 윤혜영
편집 김대현
표지 소호
마케팅 구낙회

펴낸곳 로앤오더
주소 (우)04778 서울시 성동구 왕십리로 8길 21-1, 2층 201호
전화 02-6332-1103 | **팩스** 02-6332-1104
이메일 lawnorder21@naver.com
블로그 blog.naver.com/lawnorder21
포스트 post.naver.com/lawnorder21
인스타 @dalflowers
ISBN 979-11-6267-434-5

달꽃°은 로앤오더의 출판 브랜드입니다.

파본은 본사에서 교환해 드립니다.

이 책은 저작권법에 따라 보호받는 저작물이므로 무단복제를 금지하며, 책 내용의 전부 또는 일부를 이용하려면 반드시 저작권자와 로앤오더의 서면 동의를 받아야 합니다.

ⓒ 이 책에 사용된 서체는 KoPub바탕체, KoPub돋움체, 그녀-길원옥체, 에스코어드림체, 행복고흥체입니다.